Lenin disfrazado en agosto de 1917 para
pasar a Finlandia

El cuaderno azul

Emmanuil Kazakevich
El cuaderno azul

Ediciones Tinta Roja
tintarojaediciones@gmail.com
Primera edición: diciembre, 2024

Edición y revisión
Javier Martín Rodríguez
Iván Álvarez Diaz

Maquetación
Iván Álvarez Diaz

Diseño de cubierta
Pedro Fernández
María Daga

ISBN: 978-84-129349-1-5
Depósito legal: M-27485-2024
Impreso en Estugraf, Madrid

Traducción de:
Το γαλάζιο τετράδιο, ΣΥΓΧΡΟΝΗ ΕΠΟΧΗ (2011)

EL CUADERNO AZUL

Emmanuil Kazakevich

Ediciones Tinta Roja
2024

Nota de los editores

La presente obra es una traducción al español de la edición de *El Cuaderno Azul* realizada por la editorial griega *Sychroni Epochi* (Era moderna) en 2011. La introducción que antecede al libro también se basa en la de la edición griega, aunque se han ampliado a consideración de los editores algunas de las reflexiones e informaciones para proporcionar mayor contexto al lector.

No se han incluido nuevas notas al pie, pero sí se han aplicado cambios léxicos, sustituyendo palabras en desuso o poco comunes por otras más familiares para el lector común (bajío-pantano, almiarejo-pajar, lúteo-embarrado, etc.)

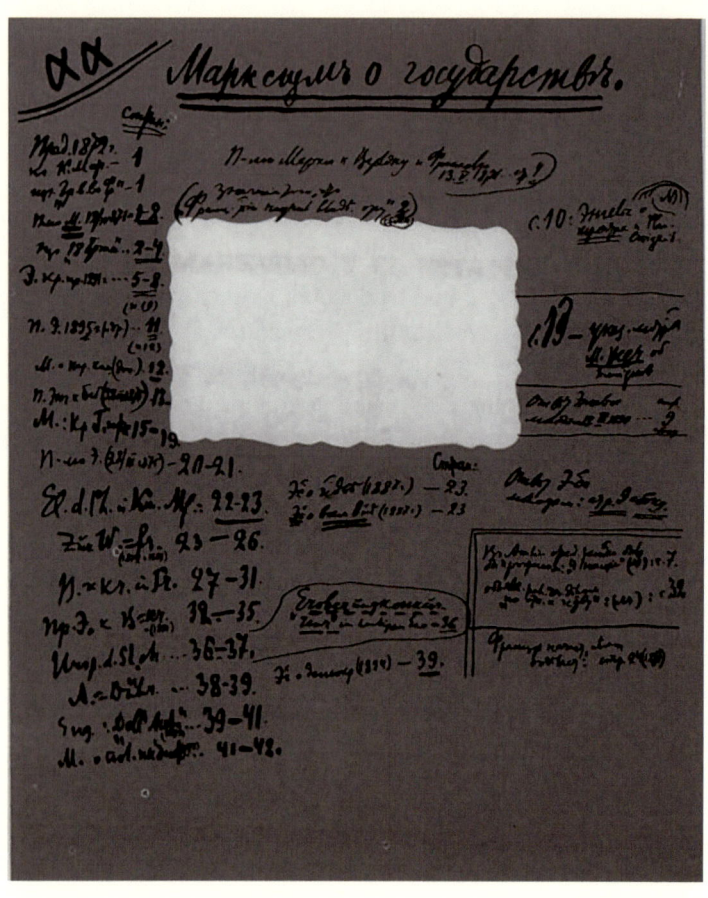

Portada del cuaderno de V. I. Lenin
El marxismo y el Estado. Enero - febrero de 1917

Introducción

El cuaderno azul es una novela histórica. El título del libro está inspirado en un cuaderno de cubierta azul donde Lenin recopiló su material de estudio en torno al problema del Estado, apuntes posteriormente publicados como *El Marxismo y el Estado*. Aquel material serviría de base para la elaboración posterior de su obra *El Estado y la revolución. La doctrina marxista del Estado y las tareas del proletariado en la revolución.*

Un cuadernito y una antorcha

El historiador francés Gerald Walter, en su excelente biografía dedicada al gran revolucionario ruso, nos dice:

> «La idea de reanudar el trabajo cuyo proyecto había concebido cuando estaba todavía en el extranjero, en vísperas de la explosión revolucionaria en Rusia, le rondaba todavía en casa de Emelianov. Entonces la cosa era materialmente imposible. Ahora tenía a su disposición casi todos los libros que necesitaba y puso manos a la obra desde el primer día que se instaló en casa del jefe de los policías finlandeses. Así nació *El Estado y la Revolución...*»[1]

Por situar brevemente al lector que no conozca en profundidad la cronología de los acontecimientos de aquel año

---

1 Walter, Gerard, 1972, *Lenin*, Editorial Grijalbo, Barcelona, p. 317

1917 en Rusia, Lenin había regresado a su país natal tras su largo exilio europeo en abril de 1917, dos meses después del estallido de la revolución democrática de febrero que deponía el poder zarista. Unos meses después, tras las denominadas «Jornadas de julio» Lenin se vería forzado a esconderse en Razliv, una aldea a unos 30km de Petrogrado. Posteriormente Lenin partió para Finlandia, donde pudo escribir el *Estado y la Revolución* tal y como lo conocemos.

Parémonos brevemente en el Lenin anterior al estallido de la revolución de febrero: un hombre de 45 años, con casi treinta años de abnegada dedicación militante, convencido de que su contribución a la gran obra de la emancipación del proletariado era mantener en alto la antorcha del marxismo revolucionario en tiempos de coronación de la traición socialdemócrata: «lo esencial es llevar la antorcha siempre adelante, cada vez más lejos, y encontrar a quien trasmitírsela cuando la mano, desfalleciente, se debilite»[2]. Lenin se encontraba en pleno apostolado contra la guerra imperialista, contra la sumisión de los partidos de la II Internacional a sus burguesías nacionales, contra la revisión oportunista de los principios del comunismo por los dirigentes de la segunda generación marxista; convencido de que así portaba, entre incomprensión y acusaciones, la antorcha revolucionaria para las siguientes generaciones.

En aquellos años prerrevolucionarios Lenin se propuso no solo denunciar el acto de traición que significaba la posición socialchovinista y centrista frente a la I Guerra Mundial; sino también pasar a contrapelo la reciente historia de la socialdemocracia europea para encontrar «los elementos de oportunismo acumulados durante decenios de desarrollo relativamente pacífico»[3].

---

2 Walter, Gerard, 1972, *Lenin*, Editorial Grijalbo, Barcelona, p. 239
3 «El Estado y la revolución» en Lenin, Vladimir, *Obras Escogidas*, Tomo VII, Editorial Progreso, Moscú, p. 1]

La agudización de las contradicciones del capitalismo hasta el punto de la conflagración internacional entre potencias había hecho «estallar las viejas formas», había obligado a quitarse las máscaras a los falsos amigos del proletariado, pero no bastaba con denunciar el acto final, había que entender sus origines históricos, sus fundamentos materiales, sus distintas expresiones ideológicas, etc.

En este contexto, Lenin se propone abordar el problema del Estado, localizando en este asunto, dada la importancia cardinal que adquiere en la época del capitalismo monopolista, la línea de flotación de la traición socialchovinista: la renuncia a la dictadura del proletariado, la renuncia a la revolución, la transformación definitiva de la socialdemocracia en mecanismo de dominio político del capital. Para ello tomó apuntes en un pequeño cuaderno azul cuando aún se encontraba en Zúrich, pensando inicialmente en escribir un artículo sobre el tema para el nº 4 de *Cuadernos Socialdemócratas*:

> «Aquel artículo estaba concebido como respuesta a los juicios erróneos de Bujarin y de algún que otro marxista ruso, como refutación de las falsificaciones e ilusiones mesocráticas de Kautsky y algunos engreídos de los socialdemócratas alemanes (...) los apuntes del cuaderno azul y deducciones hechas de ellos tenían la misma importancia que el pan, la sal, las cerillas y el percal para las masas de millones».

Lenin era consciente de que «la lucha por arrancar a las masas trabajadoras de la influencia de la burguesía en general, y de la burguesía imperialista en particular, es imposible sin combatir los prejuicios oportunistas acerca del Estado»[4]. Esta convicción es coherente con toda la carrera militante de Lenin, que fue elaborando progresivamente la fundamentación y

---

[4] «El Estado y la revolución» en Lenin, Vladimir, *Obras Escogidas*, Tomo VII, Editorial Progreso, Moscú, p. 2.

caracterización de las distintas variantes del oportunismo y de cómo estas encuentran en el medio del capitalismo imperialista un suelo enriquecido y una forma actualizada. La siguiente carta que Lenin le dirige a Kámenev, durante las Jornadas de julio de 1917, muestra su preocupación por estas notas y la gran importancia que les concedía:

> «(...) si me matan, por favor, publique mi cuaderno, El marxismo sobre el Estado. Quedó en Estocolmo. Tiene una cubierta azul y está encuadernado (...). Lo considero importante porque no solo Plejánov, sino también Kautsky confunden las cosas...»[5]

Lenin no fue sino la mente más preclara de una tendencia en la socialdemocracia rusa, el bolchevismo, que se forjó y definió a sí misma en la lucha en dos frentes: contra el oportunismo de derechas y de izquierdas, sacudiendo al marxismo de la herrumbre pequeñoburguesa. La Gran Revolución Socialista de Octubre fue el mentís práctico del oportunismo, la marea de la revolución elevó al bolchevismo y sus dirigentes, muy especialmente a Lenin, convirtiendo aquella antorcha en un faro: a pesar de encontrarse en plena vivencia revolucionaria, la publicación del *Estado y la Revolución* era esencial para alumbrar a las masas trabajadoras del resto del mundo y particularmente de Europa, sumidas en los horrores de la guerra imperialista y en la tragedia de la orfandad política.

Vivir la experiencia de la revolución

En febrero Lenin abandona todo proyecto previó e inicia los trámites para regresar a Rusia, para ponerse al frente del partido. Nada más regresar a su país natal, Lenin elaboró y trazó una nueva orientación política condensada en las llamadas *Tesis*

---

5 «Nota a L. B. Kámenev», en Lenin, Vladimir, 1988, *Obras Completas*, tomo 43, Editorial Progreso, Moscú, p. 513)

de abril, golpe de timón decisivo para la consecución de la Gran Revolución Socialista de Octubre.

Aquel cambio de dirección era una prueba más de la firmeza del pensamiento leninista frente a la vacilación y adulteración del oportunismo. Igual que fue acusado de «radical» y «demente» cuando proclamó la necesidad de la consigna de la guerra civil revolucionaria frente a la guerra imperialista, lo fue de nuevo al orientar al Partido Bolchevique hacia la conquista de las masas para la toma del poder, en lugar de la cesión pasiva de la iniciativa y autoridad política a la burguesía. Como entonces, la antorcha de la revolución alumbraba las cuevas del oportunismo, donde aprovechándose de la oscuridad vendían a la clase obrera a sus enemigos por un puñado de monedas.

Con su postura, Lenin se mostraba de nuevo como el mejor alumno de Marx y Engels, quien mejor podía sintetizar y traer a la realidad rusa, en plena febrilidad revolucionaria, las enseñanzas históricas del proceso de transición de la revolución burguesa a la revolución socialista, la perspectiva de la revolución ininterrumpida.

En sus tesis Lenin señaló que el cambio que se llevó a cabo en febrero de 1917 fue un cambio de clase en el poder. Este pasó de las manos de los terratenientes y de los príncipes, con los que hasta entonces un sector de la burguesía estaba conforme, a las de la burguesía. Después del derrocamiento del zar por la acción política de las masas, la burguesía, asistida por los oportunistas y los partidos pequeñoburgueses que entonces estaban en mayoría en los Soviets, formó un gobierno que correspondía a sus intereses. Cambiaba entonces el carácter de la revolución, comenzaba su segunda etapa, lo que exigía la preparación del paso del poder a manos del proletariado y de las capas pobres del campesinado.

La terrenalidad del pensamiento leninista conllevaba la revitalización de los principios marxistas de acuerdo a las particularidades de la coyuntura, de las determinaciones para su aplicación y despliegue. Lenin identificó la importancia histórica del surgimiento de los Soviets, vio en ellos la realización práctica de la república democrática del tipo de la Comuna frente a la «veneración supersticiosa» del Estado y la estrechez parlamentaria del oportunismo. Vio en los soviets la fisonomía específica para la realización de las enseñanzas obtenidas por el movimiento obrero en sus iniciales intentos de toma del poder, para la destrucción del aparato burocrático-militar del Estado capitalista y el ejercicio simultaneo de la dictadura y la democracia obrera. También lo vieron las masas obreras del resto del mundo, que pronto replicaron la fórmula soviética declarando con ello su universalidad:

«Las revoluciones de febrero y octubre de 1917 condujeron al desarrollo multilateral de los Soviets en todo el país y, luego, a su victoria en la revolución proletaria, socialista. Y menos de dos años después se manifestaron el carácter internacional de los Soviets, la extensión de esta forma de lucha y de organización al movimiento obrero mundial, el destino histórico de los Soviets de ser los sepultureros, herederos y sucesores del parlamentarismo burgués, de la democracia burguesa en general»[6]

En la medida en que existían los Soviets de diputados obreros y soldados existía en Rusia un poder revolucionario embrionario, un poder surgido en una coyuntura particular en grado sumo, pues convivía con el poder burgués, al que cedía, a través de la colaboración con el Gobierno Provisional, sus posiciones y su autoridad. La dualidad de poderes se sostenía por la mayoría numérica e influencia ideológica que poseían los eseristas y mencheviques en los Soviets, pero era evidente que era un momento transitorio, precisamente el momento que anuncia que se han rebasado ya los cauces de la revolución

---

6 «La enfermedad infantil del "izquierdismo" en el comunismo» en Lenin, Vladimir, *Obras Escogidas*, Tomo 11, Editorial Progreso, Moscú, p. 71

democrática burguesa. La peculiaridad y transitoriedad de la situación obligaba a actuar con agilidad y determinación para conquistar la mayoría de los Soviets:

«Explicar a las masas que los Soviets de diputados obreros son la única forma posible de gobierno revolucionario y que, por ello, mientras este gobierno se someta a la influencia de la burguesía, nuestra misión sólo puede consistir en explicar los errores de su táctica de un modo paciente, sistemático, tenaz y adaptado especialmente a las necesidades prácticas de las masas.

Mientras estemos en minoría, desarrollaremos una labor de crítica y esclarecimiento de los errores, propugnando al mismo tiempo, la necesidad de que todo el poder del Estado pase a los Soviets de diputados obreros, a fin de que, sobre la base de la experiencia, las masas corrijan sus errores»[7].

La segunda etapa de la revolución se abría con un periodo de desarrollo pacífico caracterizado por el máximo de legalidad política. Esto permitía al Partido Bolchevique, forjado en años de acción clandestina, reorganizar sus fuerzas y acceder a amplias masas obreras y populares que acababan de despertar a la vida política. El partido, ahora que por fin alcanzaba la tan ansiada libertad política, lejos de adormecerse con los traicioneros vapores del legalismo y cretinismo parlamentario, debía utilizar esta amplitud para desenmascarar al Gobierno como gobierno de capitalistas, la guerra como guerra imperialista, presentar el programa revolucionario y llamar al paso del poder a los soviets: hay que aprender a estar en minoría, repetía machaconamente Lenin, hay que ganarse con circunspección a las masas para la revolución.

La nueva situación permitía y exigía terminar de moldear un verdadero partido revolucionario. Sin renunciar al trabajo ilegal, era el momento de aprovechar todos los medios y resortes de la

7 «Las tareas del proletariado en la presente revolución» en Lenin, Vladimir, *Obras Escogidas*, Tomo VI, Editorial Progreso, Moscú, p. 253

libertad de acción para desplegar una intensa actividad política. Había que dotar de cuerpo y energía a un partido que debía salir a la superficie como un torrente, un partido que no renunciase al poder, que no vacilase ante la enormidad de la tarea, un partido que para ello debía quitarse definitivamente la «ropa sucia»: Lenin propuso que el partido bolchevique adoptase el nombre de Partido Comunista y abandonase la denominación de socialdemócrata.

Cuando el gran jefe del Partido Bolchevique llegó a Petrogrado el 3 (16) de abril de 1917 se congregaron para recibirle miles de obreros, de soldados y marinos. Le recibieron también en un salón de honor, al que fue conducido entre vítores de las masas y acompañado de la Marsellesa, los mencheviques Cheidze y Skobelev en nombre del comité ejecutivo del Soviet. Pero los honores y la respetabilidad burguesa no eran algo que distrajeran al de Simbirsk, que, tras recibir aquel cínico saludo que iba acompañado del deseo de que Lenin se mantuviera dócil y no perturbara la atmosfera festiva de la revolución burguesa, se subió encima de una mesa y habló directamente a los obreros y obreras que le habían seguido hasta el salón:

> «¡Queridos camaradas, soldados, marineros y obreros! Me complace saludar en vosotros a la revolución rusa victoriosa, a la vanguardia del ejercito proletario mundial. La guerra imperialista de rapiña es el comienzo de la guerra civil en toda Europa…. Se levanta el alba de la revolución socialista mundial. Todo hierve en Alemania. El imperialismo europeo puede hundirse de un día para otro. La revolución rusa hecha por nosotros ha abierto una nueva era. ¡Viva la revolución socialista mundial!»[8]

Lenin pronto demostró que lejos de sucumbir a la atmosfera de euforia de la revolución burguesa, había llegado para echar una «dosis de vinagre y bilis» a la «la dulzona limonada de las

---

8 Walter, Gerard, 1972, *Lenin*, Editorial Grijalbo, Barcelona, p. 266

frases revolucionario-democráticas»: al día siguiente de su llegada en tren escribió las *Tesis de Abril*.

Escribo, leo y machaco

Aquella ola de libertades, hasta entonces desconocidas, había cautivado también a buena parte de la clase trabajadora. Como se relata en la novela:

«Con la llegada de Lenin a Petrogrado, en la agitada Rusia resonó una nueva voz de asombrosa fuerza y sonoridad, que iba cobrando vigor hasta hacer callar a todas las otras. Diríase que fue el poderoso clamor de un clarín entre pitidos de flautas, resoplidos de armónicas y tañidos de balalaicas. No es que los obreros, máxime los obreros bolcheviques, no comprendieran hasta aquel abril sus intereses de clase, mas los arrastró la sensación de libertad desacostumbrada: se dedicaban a capturar a gendarmes y policías zaristas vestidos de paisano, hacer mítines superficiales, celebrar interminables elecciones y enviar diputaciones. (...)

Muchos bolcheviques, incluido el propio Emeliánov, expresaban aproximadamente las mismas ideas que Lenin antes aun de su llegada, pero no eran más que palabras de salón, no estaban argumentadas, no reflejaban conocimientos sólidos ni presentaban fuerza persuasiva. Uno sentía deseos de felicitar a todo el mundo, de creer a todo el mundo, al menos a todos cuantos llevaban un lazo rojo en el pecho».

La clarísima línea expuesta por Lenin y pronto interiorizada por la gran mayoría de los bolcheviques fue, en consecuencia, objeto del ataque rabioso de la burguesía y de los diversos oportunistas. Su avance y reconocimiento por cada vez más obreros y soldados fue la razón para que el Gobierno provisional se desnudara y, con el apoyo de los Soviets, iniciase la ofensiva con medidas represivas contra los bolcheviques y el movimiento obrero. El 7 de julio de 1917 el Gobierno provisional publicó la orden de arrestar y llevar a juicio a Lenin. Con el consentimiento de la mayoría del Comité Central de los bolcheviques Lenin pasó a la clandestinidad: el 11 de julio partió de Petrogrado hacia Razliv, allí se escondió en el granero del obrero bolchevique Emeliánov.

La trama de la obra que presentamos se desarrolla en los dos meses de estancia de Lenin en este refugio hasta el día en que, disfrazado y afeitado, con peluca, gorra y tarjeta falsa de obrero de apellido Ivanov, partió para Finlandia, cambiando de escondite para mayor seguridad (esta es la foto histórica con la que abrimos este libro). La novela refleja de manera literaria los principios y la actitud de un Lenin que aprovecha la calma de aquellas semanas para «escribir, leer y machacar» –como él mismo dijera–, para desarrollar la línea bolchevique y combatir a aquellos oportunistas que, si otrora habían sido militantes del movimiento obrero, ahora demostraban su papel contrarrevolucionario alentando la cacería de los comunistas.

En el libro se refleja también con gracia, a través de docenas de incidentes, la agudeza estratégica del pensamiento leninista, su habilidad para captar lo concreto con sus múltiples interacciones y vínculos. Lenin representa la cualidad que debe caracterizar al cuadro revolucionario para percibir el momento hegemónico: partir del análisis de las condiciones materiales dadas, analizarlas con estricta objetividad, contemplar sin apasionamiento ni interferencia de los deseos y temores la correlación de fuerzas, y encontrar en cada momento la orientación que permita hacer avanzar posiciones al ejército político del proletariado.

En Lenin el análisis de la fase histórica de desarrollo del capital, la fase imperialista, el análisis del oportunismo como fenómeno característico de época y las necesidades particulares que el momento histórico, junto a los aprendizajes de la experiencia, imprime en la constitución, estructura y cultura del partido obrero; conforman una base sobre la que se edifican las teorizaciones en torno a la hegemonía, es decir, en torno al proceso de conformación política del proletariado para su dominio y dirección desde la sociedad dividida en clases hasta la sociedad sin clases. En el caso particular de la novela, esto se aprecia con claridad en sus reflexiones en torno a la correlación extremadamente negativa de fuerzas a solo cuatro meses del levantamiento armado y la conquista del poder.

En el escondite clandestino de Razliv, Lenin se encontraba también con Grigori Zinóviev, miembro del Comité Central del Partido Bolchevique con quien entró en conflicto político, ya que Zinóviev consideraba que el ataque contra los bolcheviques había alejado la perspectiva de la revolución socialista como tarea inmediata. Zinóviev apoyaba la alianza con los mencheviques y los eseristas, y no le encontraba sentido a la dedicación de Lenin al estudio de la preparación de la revolución, y mucho menos a la fundamentación teórica de la necesidad de destruir el Estado burgués y e instaurar el Estado-Comuna.

A través de los diálogos entre Lenin y Zinóviev se destaca la firmeza y agudeza de Lenin, la fecundidad de su pensamiento estratégico que, en el caso particular de la Revolución de Octubre, esta inevitablemente condicionado por el sentido de oportunidad, por la consideración de que el particular entrelazamiento de los acontecimientos contenía una potencialidad que una actitud de inacción y cobardía podría cercenar sin que ello garantizase una mejor situación a corto o medio plazo. Hay momentos, cuando la historia clama al proletariado su *Hic Rodhus, Hic Salta*, que no queda más remedio que lanzarse al combate. Así actuaron Marx y Engels ante el estallido de la Comuna de París, así actuó Lenin en 1917:

> «Pero hay momentos en que esperar es un crimen. Un momento así puede llegar pronto, llegará pronto sin duda, y si entonces eludimos también la acción inmediata, resultaremos ser unos vulgares socialistas pequeñoburgueses, unos charlatanes, amigos de las frases

rimbombantes, y la clase obrera nos volverá la espalda. Si vamos a esperar también entonces, si ni siquiera entonces maldecimos la paciencia, como hizo Fausto en su tiempo, seremos unos cobardes que no valdremos para nada, y la historia jamás nos lo perdonará».

El conflicto con Zinóviev, así como su transposición literaria, ponen de relieve el esfuerzo que hizo Lenin para trazar la estrategia revolucionaria en contra de la actitud intransigente incluso de parte de los cuadros bolcheviques, muchos de ellos demasiado cómodos en la frase anterior, demasiado anclados en prejuicios y consignas que no se ajustaban ya al estado de cosas. Lenin demostró así no solo su firmeza frente al revisionismo, también frente al dogmatismo incapaz de comprender la doctrina desde su única forma posible de existencia: en íntimo engarce, desarrollo y verificación con el movimiento real.

Lenin vivió, Lenin vive, Lenin vivirá

La revolución exige de audacia en los momentos decisivos, pero la audacia no es precipitación, no puede serlo, porque la revolución no es un juego, la revolución es un arte. El combatiente de vanguardia es audaz pero meticuloso, tan sacrificado como templado. Así queda plasmado en el libro de Kazakevich, lo que lo convierte además en una obra especialmente educativa e instructiva para todo aspirante, joven o adulto, a dirigente:

«—¡Ah, de esto se trata entonces! ¡Usted tiene miedo a las soluciones audaces!

—Me dan miedo las soluciones arriesgadas… (dice Zinóviev).

—Usted le tiene miedo a lo que hemos estado intentando durante toda la vida, a lo que no hemos dejado de difundir, con lo que no hemos dejado de soñar: ¡a la revolución del proletariado!

—Le tengo miedo al brote antes de tiempo que estará condenado al fracaso. Y entonces lo perderemos todo.

—Nunca se pierde todo. Es posible que lo perdamos todo, usted y yo, Zinóviev y Uliánov, Lílina y Krúpskaya. El proletariado nunca lo perderá todo, le recuerdo la frase que conoce bien: no tiene nada que perder, salvo sus cadenas. Circunstancias ideales para hacer la revolución sin arriesgar algo no existen».

En conclusión, *El cuaderno azul* no es solo una obra literaria o una crónica de algunos años de la vida de Lenin, es un libro que hoy sirve como modelo de la audacia, firmeza y meticulosidad que debe caracterizar a todo militante, a todo aquel que aspira a una sociedad nueva, a todo aquel que está dispuesto a recoger la antorcha para entregársela al final del camino a la siguiente mano.

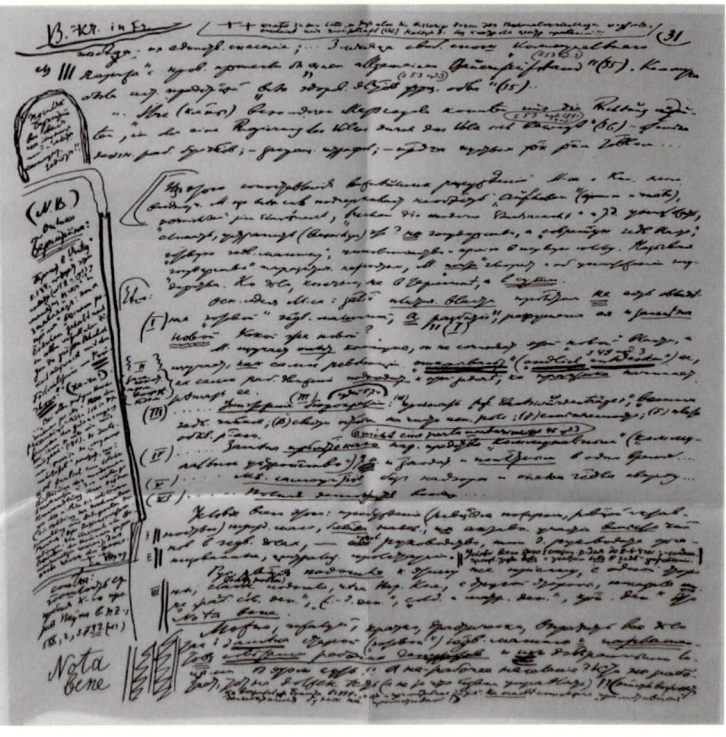

Página 31 del manuscrito de V. I. Lenin
El marxismo y el Estado. Enero-febrero de 1917

1

Una luna opaca iluminaba débilmente el pálido cielo de la noche nórdica. Dos barcas se deslizaban por el lago.

Lenin iba sentado en la popa de la primera y, aguzando la vista, atisbaba la apenumbrada costa lejana. Pensaba en que si allá, en la pradera del otro lado del lago, había tranquilidad y estaba a salvo de cualquier peligro, podría pedir que le enviaran el cuaderno azul de apuntes y daría fin a un folleto de extraordinaria importancia y acuciante necesidad, concebido hacía ya tiempo.

Oteaba alerta y fijamente la lejanía; luego pensó que seguir escudriñando no tenía objeto. Cerrados los ojos, solo oía el chirrido de los escálamos, el susurro y el chapoteo del agua; únicamente entonces se dio cuenta de que estaba en una barca bajo el cielo inabarcable, donde la luna remaba lentamente más y más a la izquierda.

Una sensación de profunda quietud lo invadió por primera vez desde hacía mucho tiempo. Se diría que hubiera corrido deprisa durante muchos meses seguidos ahora cuesta arriba, sofocándose, ora cuesta abajo, sin poder apenas contener la carrera; casas, calles, ciudades, países y muchedumbres pasaban de largo fugaces; infinidad de palabras, exclamadas con diferentes voces y pronunciadas en vehemente murmullo, palabras rusas y extranjeras, sabias y simples, duras y suaves, entrañables y detestables, le impelían, chocaban con él y le azotaban como ráfagas de viento a un corredor. Y vino a detenerse de súbito, viéndose en una barquichuela bogante bajo el claro cielo por aguas oscuras. Cesó el verbal torbellino y el raudo cruzar de semblantes; de pronto, su mente se sintió libre de todos los rompecabezas, de problemas casi insolubles. Los escálamos chirriaban levemente; el agua susurraba plácidamente.

Entre tanto, la costa se iba aproximando. No habría sido extraño que, junto a la misma orilla, la barca fuese recibida por una descarga de fusilería. Bastaría con que una de las diez personas enteradas del paradero de Lenin se hubiera ido de la lengua o faltado a las reglas de la conspiración para toparse allí con una emboscada de alumnos de las escuelas militares y de cosacos. Detrás de cada árbol ribereño podía estar escondido un cadete o un cosaco. Lenin recordó a un cosaco de ojos hundidos en una cara brutal, encendida como las bandas de sus pantalones, que había visto el domingo anterior frente al Palacio Táuride. Y se imaginó que precisamente aquel cosaco bravucón podía estar detrás de un árbol de la orilla, con dos rendijas por ojos, aptos únicamente para apuntar con el fusil.

Lenin no sintió el menor miedo y pensó que, realmente, tenía en poca estima la vida de Uliánov. Este Uliánov, nacido cuarenta y siete años atrás en la ciudad de Simbirsk, que había leído montañas de libros y gastado en escritos montañas de papel, estaba muy cansado, padecía de insomnio y dolores de cabeza. No le asustaba la muerte rápida y sin dolor a él, ¡persona que tan bien sabía desde la adolescencia que era una partícula perecedera de la inmortal naturaleza! Pero debía conservar sin falta la vida de Lenin, del líder del partido más revolucionario de Rusia.

Bien se veía que su vida hacía falta a la revolución, si los enemigos de esta deseaban tanto su muerte. Claro es que, al preparar la revolución durante largos años, se había preparado también a sí mismo para la revolución. Cierto era que había caminado mucho por las ciudades y montañas de Europa, nadado largamente en sus ríos y lagos, patinando y montado en bicicleta en aras de la revolución, para que no se resintiera su salud cuando estallase, para soportar la tensión de esta cuando tocase la hora de actuar. No obstante, rara vez había pensado en el significado de su propia persona y solo recientemente, hacía tres meses, al regresar a Petrogrado tras diez años de emigración, había adquirido por primera vez plena conciencia del papel que él desempeñaba en los acontecimientos.

Recordaba con jocoso asombro, como algo de antigüedad prehistórica, el cruce del territorio finlandés, última etapa de su intrépido retorno a Rusia, que había producido gran revuelo en todo el mundo. Les preocupaba entonces, a él y a su mujer, si el tren arribaba a Petrogrado de noche, cómo llegarían a la calle Shirókaya, a casa de Anna Ilynichna, si encontrarían algún coche de punto en la Estación de Finlandia a horas avanzadas, siendo Pascua por añadidura. Y cuando vio en el andén a la guardia de honor de los marineros de guerra y la multitud que había salido a recibirlo, la concentración en la plaza de la estación, los carros blindados ante el portal imperial y los reflectores militares que iluminaban banderas rojas e inscripciones de «Bienvenido Lenin», sintió cuán vago era para él, en el extranjero, el alcance de la revolución y lo mucho que había hecho en el exilio, en la agobiante labor diaria, carente de atractivos y, hasta diríase, insignificante por sus resultados. Como encarnación viva de esta modesta labor diaria, cruzó raudo entre las filas de gente que lo esperaba hasta el obrero petrogradense Chugurin, alumno de la Escuela del Partido en Longjumeau, cerca de París. El rostro de Chugurin estaba anegado de lágrimas.

Subido a un carro blindado, Lenin vio un mar de gorras y se avergonzó algo de su bombín extranjero, tan desentonante en el carro blindado, entre las multitudes de obreros sublevados. Se lo quitó, como prenda que ya no volvería a necesitar jamás, lo escondió tras la espalda y luego lo puso en el asiento, al lado del soldado que estaba al volante. Cuando el carro blindado arrancó y avanzó por las calles de Petrogrado, seguido de miles y miles de obreros, Lenin se acordó de sus preocupaciones por alquilar un coche y pensó con cierta tristeza en que, probablemente, no volvería nunca a viajar en el transporte público, en que jamás volvería a ser un «particular», en que era hora de encabezar la Rusia revolucionaria o morir. Pese a la agitación y entusiasmo de aquellos días, ese pensamiento le cruzaba a veces por la mente.

También recordó a la sazón la alegoría, de profundo sentido, de la *Odisea*: Ulises se pasó media vida deseando volver a su querida Ítaca y no la reconoció cuando se vio en sus orillas. Lenin reconoció enseguida su Ítaca, mas no se había hecho cargo de que él era su Ulises.

Lo comprendió durante aquellas jornadas. Entendió que era capaz de tomar con extraordinaria sensibilidad el pulso de la revolución, sus flujos y reflujos, sus corrientes inevitables. Jamás había sido tan sagaz, ni había vislumbrado con tanta lucidez los resortes que movían a hombres, a grupos, a asambleas e instituciones, ni había distinguido con tanta facilidad lo importante de lo secundario.

Observó entonces con particular atención a sus camaradas de partido y, reconociendo su experiencia, ardor revolucionario y diversos dones –oratorio, literario y organizativo–, sacó la conclusión de que algunos de ellos lo podrían sustituir si él no existiera. Pero como él existía, ninguno de ellos podía hacerlo. La revolución rusa no dependía de una sola persona, pero, por lo visto, lo había destacado precisamente a él para que la expresara del modo más claro y consecuente.

Lenin estaba sentado inmóvil en la barca, cerrados los ojos. Sosegado, se percataba, naturalmente, de que aquella quietud era momentánea, de que en aquel mismo instante volverían a alzarse ante él, en toda su gigantesca magnitud, todos los problemas diarios. De nuevo harían latir su corazón las inquietudes y alarmas de los últimos días: la desasosegada intranquilidad por Nadezhda Konstantínovna, por sus hermanas y camaradas de partido, un cariño comedido, pero tanto más sentido, por ellos, gente de su partido, amantes de la vida y ascetas, vehementes y severos, abnegados por la causa común hasta el último respiro; le volvió a herir, como el filo de una navaja, el sentido de responsabilidad por la vida y el alma de los obreros, marineros y soldados, cuyos rostros iban a cruzar otra vez por su imaginación. Se resistió suavemente al retorno de los pensamientos arduos y complejos cálculos políticos; debía descansar de ellos y descansó cuanto pudo. Cuando ya no hubo manera de eludirlos, abrió los ojos para recibir su vuelta, igual que un nadador enfrenta la ola con su pecho.

Abiertos los ojos, Lenin vio muy cerca unos arbustos inmóviles. Desde la misma orilla empezaba un bosque bajo. Los juncos empezaron a rozar las bordas de la barca, que topó con la proa en la ribera.

2

Emeliánov recogió los remos, permaneció un momento sentado, aguzando el oído, luego se puso en pie, pasó a la orilla y tiró de la barca. Kolia saltó. Al lado atracó la segunda barca. Se oyeron en ella susurros y ajetreo. No lejos, chilló con voz humana un alcaraván.

Lenin encontró a tientas el baulillo de papeles, que estaba a sus pies, lo tomó bajo el brazo y pisó la orilla. Se acercaron los cuatro de la otra barca. Emeliánov miró autoritario a la gente, las barcas y el lago, y, haciendo una seña a Lenin, dijo:

—En marcha.

Él echó a andar delante, Lenin tras él. Zinóviev[1] y los hijos de Emeliánov –Kolia, Alexandr, Kondrati y Serguéi– los siguieron en fila india. Al principio, percibieron con los pies el suelo húmedo del pantano, algo chapoteante bajo el peso de los cuerpos; luego el terreno fue más firme. Olía a pantano y a hierbas pratenses.

---

1 Zinóviev, G. E. (1883-1936). Nombre de guerra: Grigori. Miembro del Partido Obrero Socialdemócrata de Rusia desde 1901. Formó parte de la Redacción del Órgano Central del Partido, *Sotsial-Demokrat* («El Socialdemócrata») y del periódico bolchevique *Proletari* («El Proletario»). En la etapa de preparación y realización de la Revolución Socialista de Octubre mostró vacilaciones; en octubre de 1917, junto con Kámenev, publicó en el periódico menchevique *Nóvaya Zhizn* («Vida Nueva») una declaración sobre su desacuerdo con la resolución del Comité Central acerca de la insurrección armada y delató, con ello, al Gobierno Provisional burgués los planes del partido.

Emeliánov conocía aquella senda. Había explorado concienzudamente el paraje antes de llevar allí a Lenin; hasta había estado allí una vez de noche. Por eso avanzaba seguro, satisfecho de haberlo planeado todo con tanta exactitud y deseoso de que Lenin lo advirtiera. El saco de los bártulos le tiraba ligeramente del hombro derecho. Persuadido de que en aquellos lugares no había un alma, sentía, aun con todo, que Lenin le hubiera prohibido traer armas de ninguna clase. Se había hecho con tres fusiles. Estaban bien engrasados, ocultos en un escondrijo, con varias decenas de cargadores llenos. Mas Lenin no quería oír hablar siquiera de eso. Se echó a reír y, haciendo un aspaviento, dijo:

—El turno de los fusiles llegará más tarde, guárdelos. ¿Dice que están engrasados? Muy bien. Harán falta. Pero no tres, sino tres millones; con menos no me conformo. Tres fusiles no resolverán el problema. En caso de que haya complicaciones, nos pondrían en ridículo. Haríamos el ridículo, vivos o muertos. Y hoy somos políticos, no combatientes.

Emeliánov era un viejo miembro de los grupos de acción del partido y por sus manos habían pasado en 1905 muchos fusiles. Opinaba que las armas nunca podían estar de más. Con un revólver en el bolsillo o un fusil a la espalda se hubiera sentido más seguro, pero se resignó. A pesar de que Lenin había vivido varios días en el desván del cobertizo de Emeliánov, de que había dormido allí sobre paja y comido con toda su familia sopas de patatas, arenques y gachas de mijo con leche, de que había conversado de buen grado con sus hijos y su mujer, Nadezhda Kondrátievna, y de que le había ayudado a menudo a fregar los platos, en suma, de que había vivido con ellos en familia, a Emeliánov seguía costándole trabajo imaginarse que la respiración acompasada que sentía junto a sus orejas era la de Lenin. Toda Rusia hablaba de Lenin. No se podía viajar en un tren suburbano sin oír este nombre, que hacía tres meses conocía solo un círculo, no muy amplio, de miembros del Partido bolchevique, de los obreros más avanzados y, está claro, de los militantes activos de los partidos hostiles al bolchevismo. Con la llegada de Lenin a Petrogrado, en la agitada Rusia resonó una nueva voz de asombrosa fuerza y sonoridad, que iba cobrando vigor hasta hacer callar a todas las otras. Diríase que fue el poderoso clamor de un clarín entre pitidos de flautas, resoplidos de armónicas y tañidos de balalaicas. No es que los obreros, máxime los obreros bolcheviques, no comprendieran hasta aquel abril sus intereses de clase, mas los arrastró la sensación de libertad desacostumbrada: se dedicaban a capturar a gendarmes y policías zaristas vestidos de paisano, hacer mítines superficiales, celebrar interminables elecciones y enviar diputaciones. Los obreros de la fábrica de armas de Sestroretsk, donde trabajaba Emeliánov, habían despedido por su propia voluntad al comandante general mayor Guiber, jefe de la fábrica y al comandante general Dmitrievski, su adjunto; la Dirección General de Artillería confirmó, muy a su pesar, la resolución de los obreros. Todos estaban contentísimos de ello, andaban alegres y orgullosos. Ya el 21 de marzo habían dispuesto los obreros en reunión general tras el informe de un representante de los bolcheviques de Petrogrado, que «todas las medidas del Gobierno Provisional que daban al traste con los restos del viejo régimen consolidaban y ampliaban las conquistas del pueblo debían ser apoyadas por la clase obrera». Esa resolución no hubiera sido ya posible semanas después.

Muchos bolcheviques, incluido el propio Emeliánov, expresaban aproximadamente las mismas ideas que Lenin antes aun de su llegada, pero no eran más que palabras de salón, no estaban argumentadas, no reflejaban conocimientos sólidos ni presentaban fuerza persuasiva. Uno sentía deseos de felicitar a todo el mundo, de creer a todo el mundo, al menos a todos cuantos llevaban un lazo rojo en el pecho. Eso duró hasta que sonó aquel clarín exhortativo.

La luna se perdió detrás de una nube. Emeliánov oía tras de sí los pasos ligeros de Lenin. Y el alma se le llenó de contenta y jovial malicia de ser él quien escondía, en aquel bosquecillo, a Lenin del alcance de todos los enemigos: Kerenski y Pólovtsev, Ribot y Lloyd-George, de los doce ejércitos cosacos, de todos los sabuesos y soplones de todas las regiones de Rusia y de los servicios de espionaje de todos los países de la Entente. Así iba caminando alegre, algo asombrado de que este «clarín» de carne y hueso fuera tras él vestido con un abriguillo descolorido de Serguéi Allilúiev, tocado con una raída gorra de Emeliánov y llevando un baulillo.

Entre el arbolado se vio la claridad de un claro.

—Hemos llegado —dijo Emeliánov.

Lenin se detuvo, miró en derredor, vio un pajar de heno con una choza arrimada a un lado, dejó el baulillo en el suelo, dio varios pasos en la oscuridad, se sumió en ella y, volviendo a aparecer, dijo, frotándose las manos, igual que si se dispusiera a segar:

—¿Hay guadañas y rastrillos?

—Sí —respondió Emeliánov—. Cuando se haga de día, los verá.

—Todo tiene que estar como si fuéramos guadañeros de verdad.

—¿Cómo, si no? Sin falta. ¿Enciendo una hoguera?

—¿No hay peligro?

—No. No hay un alma en todos los contornos.

Lenin dijo tras breve reflexión:

—Aun con todo, hoy no es menester. Lo pasaremos sin lumbre. Mañana miraremos dónde estamos y empezaremos una vida conveniente.

Los hijos mayores de Emeliánov –Alexandr, Kondrati y Serguéi– fueron a examinar los alrededores. Kolia, el menor, de trece años, se quedó: le gustaba estar entre la gente adulta. Zinóviev se sentó en la hierba y empezó a descalzarse: el peal, liado desmañadamente, le rozaba el pie izquierdo.

Lenin se acercó a la choza, entró y exclamó desde dentro:

—¡Estupenda! ¡Es una vivienda magnífica! Aquí dentro logra uno calentarse, la cama es blanda y huele bien —se tumbó en el heno, riéndose por lo bajo, y luego dijo—: Claro, no estaría mal tener aquí un teléfono sin hilos escondido en el heno para comunicar con Petrogrado... Tengo la esperanza puesta en usted, Nikolái Alexándrovich. Mire, la prensa tráigala con regularidad...

—Sin falta —repuso Emeliánov, metiendo ruido en la oscuridad con calderillos y peroles—. Bien. Cada cosa en su sitio. Hala, muchachos, vamos. Acordaos del camino, para que podáis venir a cualquier hora en caso de necesidad. Les acompañaré a la barca. Alexandr, mañana por la mañana te toca a ti traer los periódicos.

Lenin profirió desde la choza:

—Hablad alto en la orilla y nosotros escucharemos. Comprobaremos cómo se oye desde la costa. Kolia, entra aquí.

Kolia entró en la choza y se sentó junto a Lenin. Emeliánov se alejó con los hijos mayores. Al poco, se apagó el rumor de sus pasos en la hierba. Lenin pasó un brazo por los hombros del chico y pronunció:

—Escucha. Transcurrieron unos quince minutos. No se oyó nada. Ni voces ni el chapoteo de los remos.

Lenin asintió complacido con un movimiento de cabeza e inquirió:

—¿Dormiremos, Grigori?

—¿Será posible que concilie usted el sueño, Vladímir Ilich?

—Sin la menor duda —repuso Lenin sin titubear, aunque sabía perfectamente que no pegaría ojo.

—Yo no puedo.

—Hace mal. Ahora somos algo así como fieras acosadas. Debemos dormirnos enseguida y tener el sueño ligero. ¿Qué le pasa en el pie?

Zinóviev respondió quejumbroso con su vocecilla atiplada:

—Este trapo... Se ha arrugado y me ha hecho una rozadura.

—Reciba las desventuras con filosofía. La noche bajo la vieja luna predispone a filosofar. Esta luna ya lo ha visto todo. De seguro que ha visto también a intelectuales fugitivos de la policía que no se saben liar los peales.

—Está usted de broma...

Se oyeron pasos.

—Soy yo —dijo Emeliánov desde la oscuridad.

Lenin y Kolia salieron y se sentaron delante de la entrada de la choza. Emeliánov se sentó junto a ellos. Lenin preguntó:

—¿Han hablado?

—Sí.

—¿Fuerte?

—Sí.

—¿De qué han hablado?

—¡Ja, ja!... Yo he dicho: «Los finlandeses estarán ya durmiendo. Empezarán a trabajar desde por la mañana. Parecen ser buena gente y guadañeros hábiles...». Alexandr ha respondido: «Es una lástima que no sean rusos» y algo más por el estilo.

—¡Bien por ustedes! Buenos conspiradores. De modo que no se nos oye desde la orilla. Eso está bien.

Zinóviev entró en la choza con las mantas y empezó a hacer la cama.

—Papá, ¿encenderemos una hoguera por la mañana? —preguntó Kolia.

—Sí, sí —repuso Emeliánov—. Yo la encenderé. Bueno. Por ahora métete en la choza y duerme. Ya es tarde.

—¿Me dejas que esté aquí sentado un rato más?

—Te estarías todo el tiempo así...

Zinoviev se removió en la choza y no se le oyó más.

—Esto tiene su pero —dijo Lenin en voz baja.

—¿Los mosquitos? —advirtió Emeliánov, abriendo los brazos en ademán de culpabilidad—. Sí, abundan sobre todo por la noche.

—No, no se trata de eso. El mal está en que no se puede trabajar de noche.

—Tal vez sea para mejor –atajó Emeliánov—. Así descansará.

—Los fumadores lo pasarían bien –dijo Lenin tras breve silencio—. En noches como esta se quedan sentados sin luz fumándose una pipa... Es un pasatiempo en esencia y, a pesar de todo, cierta ocupación.

—¿Hace mucho que no fuma?

—No he fumado nunca. No he tenido tiempo y, además, hubiera supuesto un gasto más. Hemos vivido muy modestamente, teniendo que llevar la cuenta de cada kopek. Aparte de eso, el fumar distrae. Aunque pequeño, no deja de ser un vicio. Si se acostumbra uno, sufre mucho sin tabaco y no puede trabajar. Y en nuestra vida de exilio y emigración no era nada del otro mundo quedarse sin tabaco. Así he vivido de aburrido: no me he dado ni al tabaco, ni a la bebida y apenas he cortejado a mozas... —Lenin se echó a reír—. Pero ha sido una vida interesante, así y todo, ¿no le parece? ¡Y ahora, igual que una novela de aventuras! Una choza en un paraje deshabitado y un lago a mitad del camino hasta el próximo pueblo... Temibles conspiradores que se hacen pasar por guadañeros finlandeses. Grigori, ¿duerme usted? Se ha dormido. Está cansado, le hace falta descansar bien, está rendido totalmente.

3

Zinóviev no dormía. Le daban náuseas, estaba algo mareado. Acababa de experimentar en la barca una sensación rara. Apenas se divisaba la barca delantera, en la que iba Lenin, y más allá se extendían las tinieblas blanquecinas. De pronto a Zinóviev se le figuró que la primera barca se aproximaba a un abrupto abismo y que él, falto de voluntad, como si estuviera atado, seguía en la segunda barca tras Lenin. Le entraron ganas de gritar: «¡Alto! ¡Deténgase! ¡Deténgase!».

Tras el aplastamiento de la manifestación de julio[2], al analizar los acontecimientos que habían dado lugar a ello, Zinóviev sintió toda una gama de dudas y temores. Aquella noche cálida y húmeda transcurrida en el embarrado y nebuloso lago le invadieron las dudas con particular insistencia: «¿Navegamos por buen rumbo? ¿No nos extraviaremos en esta niebla? ¿No habrá en la intrepidez e inconciliabilidad de Ilich un elemento de sectarismo o, lo que supone mayor peligro aún, de sacrificio, de predestinación?». Lenin ocupa una posición demasiado extremista, quiere llevarlo todo hasta el fin, no calcula lo suficiente, es incapaz de aceptar compromisos razonables, no

---

2 Se trata de la manifestación celebrada el 3 de julio de 1917 en Petrogrado, en la que participaron obreros, soldados y marineros de Krondstat. Por orden del Gobierno Provisional fue ametrallada por cadetes y cosacos.

toma en consideración las vacilaciones de las masas. En última instancia –reflexionaba Zinóviev, sintiendo escalofríos por la humedad–, ellos no eran sino un puñado de intelectuales, mientras que en torno se extendía la infinita Rusia, llena de codiciosos campesinos instalados en caseríos y egoístas tenderos, borrachos menestrales y fanáticos creyentes, iconos milagrosos y cruces vivificadoras. Esa Rusia no había desaparecido, existía, aunque medio desmayada. Las masas eran ignorantes, anárquicas, como lo habían demostrado el 3 y el 4 de julio; era difícil confiar en ellas. Habiendo recibido una apariencia de libertad, estaban dispuestas a romper y hacer trizas todo, y el fracaso las desalentó. Los representantes de algunos regimientos sediciosos pidieron perdón a Kerenski. Algunas tripulaciones de la flota del Báltico condenaron a los bolcheviques como agentes del Káiser Guillermo. Kronstadt entregó a los «instigadores». Fueron detenidos Kámenev, Kollontái, Raskólnikov, Roshal, Sivers y muchos más. Las redacciones de Pravda y Soldátskaia Pravda fueron asaltadas.

Y Lenin estaba ahora sentado junto a la choza y charlaba como si hubiese venido a descansar a una casa de campo. Le preguntaba a Emeliánov si una familia obrera podía sustentarse con los productos de su huerto, cuánto costaban las hortalizas en el mercado y, finalmente, qué peces había en el Razliv de Sestroretsk, diciendo, además, que «una sopa de pescado sin acerinas o sin percas no vale nada».

Al leer los periódicos recientes, el día anterior Zinóviev había dicho a Lenin con pena:

—¡Qué pronto se inclinan las masas ante la fuerza!

Lenin le respondió rápidamente, sin volverse hacia él:

—Eso es mientras ellas mismas no se hayan convencido —dicho lo cual, se volvió, echó una ojeada al periódico que estaba leyendo Zinóviev y prosiguió—: Las masas son gente práctica, no meten la cabeza en la soga sin más ni más. No son intelectuales solitarios. La sofisticación y las frases altisonantes no son cosa de ellas. Dejan esto y aquello a los distintos Kerenski y Avxéntiev que han terminado liceos clásicos y leído al viejo Plutarco, que embrolló las mientes a más de un estudiante... Las masas comprenderán que han fracasado por actuar desorganizadas. Lo tendrán en cuenta la próxima vez.

Zinóviev se sonrió lánguidamente: hablar de «la próxima vez» en aquellas circunstancias era hacerse ilusiones.

Zinóviev comprendía que debía compartir con claridad y sin ambages su punto de vista a Lenin. Pero se lo calló. Le dio miedo. Expresados en voz alta, sus pensamientos hubieran sido recibidos como una manifestación de debilidad y vacilación, cualidades que más desdeñaban Lenin y el Partido en pleno. Pues a fuerza de repetir pertinaz y concienzudamente, con devoción casi religiosa, las formulaciones leninistas, tenía fama de consecuente y firme entre los camaradas; las divergencias que había tenido con Lenin no habían llegado nunca a provocar conflictos. Y si ahora, en un momento tan difícil, se mostraba débil y vacilante, no tendría nada que hacer allí con Lenin, no tendría motivo el ocultarse, el figurar como el compañero de lucha más próximo, el comer el pan de centeno y las gachas de mijo de Emeliánov. Sería una nulidad. ¿Acaso podía acceder a ello? En absoluto.

Le profesaba a Lenin un afecto casi femenino, lleno de celo, un amor inconsciente e interesado a un tiempo, un afecto que Lenin sabía despertar, sin sospecharlo, achacándolo siempre al atractivo de sus ideas partidistas y no al de su propia persona.

El entusiasmo de Lenin suscitaba en Zinóviev envidia e irritación simultáneas. Pero los últimos dos días antes de venir a este paraje, al otro lado del lago, un tercer sentimiento, aún más complejo, sucedió a los dos primeros, contradictorios: empezó a parecerle a Zinóviev que el ánimo y los bríos de Lenin eran fingidos hábilmente y que él se percataba en realidad de que la revolución había fracasado, que ellos estaban condenados, que los verdugos del Gobierno Provisional ejecutarían al malogrado Robespierre ruso y a sus camaradas con el malévolo silencio de los Plejánov, Potrésov y Chernov, modernos Pilatos. Zinóviev captaba casi con aire triunfal los instantes en que Lenin se quedaba pensativo, distraído y triste. Esa distracción y esa mirada lúgubre concentrada inculcaban a Zinóviev un miedo espantoso del futuro y, al mismo tiempo, un grato sentimiento de autosuficiencia: eso quería decir que él, Zinóviev, no era tan poca cosa, que sus tétricos pensamientos no eran síntoma de insignificancia, debilidad...

Bien era verdad que Lenin caía enseguida en la cuenta; cuando advertía que estaba callado y todos los demás tampoco hablaban, empezaba a departir de los sucesos, a reflexionar en voz alta sobre los posibles virajes de la revolución, a burlarse de la miopía de los políticos mencheviques y eseristas, a bromear respecto de las molestias de la clandestinidad y así sucesivamente. Pero Zinóviev no se inclinaba a tomar su animación por oro de ley.

La luz solemne de la luna entró de pronto por la triangular boca de la choza y los troncos de los árboles se iluminaron a lo lejos como velas. Ello recordó a Zinóviev un cuadro de tema evangélico que había visto en un museo de Viena. En el estado de ánimo en que se encontraba ahora no pudo menos que pensar que Cristo entendido como personaje histórico seguramente también se fingiera alegre, se riera y bromeara antes de que lo atrapasen, y no lloraría ni se lamentaría, como lo habían presentado los sentimentales autores de los evangelios.

En ese momento Lenin soltó la risa.

—Aquí tenemos otra vez la luna —dijo—. Y como verá, Nikolái Alexándrovich, se desliza cada vez más a la izquierda... ni más ni menos que Rusia dentro de poco. Hum... Grigori duerme. Kolia está dando cabezadas. A ver si nosotros también logramos conciliar el sueño ¿eh, Kolia? Sabe usted, Nikolái Alexándrovich, cuando hagamos la revolución, la nuestra, la verdadera, tendrá usted que cambiar de nombre y patronímico, pues ¡suenan igual que los del zar!

Se oyó la risa de Emeliánov, que interrogó luego:

—¿Haremos pronto la revolución, Vladímir Ilich?

Siguió una breve pausa. Zinóviev se imaginó claramente cómo Lenin se ponía pensativo, entornaba los ojos y su rostro adoptaba una expresión concentrada y diligente.

—Sí pronto. Aún no se ha resuelto ninguna tarea cardinal de la revolución. Si la burguesía pudiera cesar la guerra sin demora, entregar la tierra a los campesinos enseguida, establecer inmediatamente la jornada de ocho horas, el control obrero en la producción y limitar en el acto las ganancias de los capitalistas y especuladores de la guerra, podría evitar la revolución. ¡Pero entonces no sería la burguesía! Riabushinski y Búblikov podrían ingresar tranquilamente a nuestro partido. ¡Sí, pronto, ahora ya falta poco!... Entonces servirán sus tres fusiles.

4

Al despertarse por la mañana, Zinóviev no comprendió inmediatamente dónde se encontraba. Aturdido asomó la cabeza y vio a la izquierda de la choza, entre una espesa salceda, a Lenin sentado en un tocón delante de un rollizo tarugo y escribiendo deprisa. El tibio sol matinal iluminaba su cabeza inclinada. A su alrededor revoloteaban libélulas verdes y amarillas, que él no dejaba de espantar, siguiéndolas a veces con mirada distraída, y volvía a bajar la vista al papel. Una oruga se arrastró por la cuartilla, y Lenin la tomó, también distraído, y, sin mirar, la arrojó a los arbustos. Ya se sentía allí como en su casa, envidiable cualidad que había asombrado muchas veces a Zinóviev.

La expresión del semblante de Lenin era concentrada, como siempre cuando escribía. Sin variarla ni mirar a Zinóviev, dijo:

—¿Se ha despertado, Grigori? Duerme usted como la gente de las ciudades, se ha olvidado de que es un guadañero finlandés y de que ya es hora de ponerse manos a la obra, de lo contrario no va a ganar un céntimo para el invierno... ¡y los hijos son un montón! Yo he escrito ya artículo y medio. He trabajado con la pluma como si hubiera sido una guadaña... Cuando se lave, los leerá.

Emeliánov se ajetreaba junto a la lumbre de una hoguera. De una barra de hierro pendían sobre el fuego un calderillo y una tetera. El calderillo hervía ya. A Kolia no se le veía, pero salió al poco de detrás de unos árboles, habiendo silbado previamente como los pájaros.

—Todo está en calma —soltó de un resuello—. No se ven barcas.

—Más bajo, no molestes —dijo Emeliánov quedo, señalando a Lenin con la cabeza.

Kolia no pudo contenerse y comunicó, si bien es verdad, bajando la voz:

—¡He visto una eriza con ericitos!

—¿Es de confianza? ¿No nos delatará? —inquirió de lejos Lenin, diligente, sin mirar a nadie, como antes, y prosiguiendo su rápida escritura. Parecía que hubiera mirado a Kolia únicamente con la sien, en la que se habían marcado momentáneamente arrugas de hilaridad.

—¡Es de las nuestras! —exclamó Kolia, esbozando una amplia sonrisa.

—No estorbes —susurró Emeliánov enojado y se acercó a Zinóviev con un cubo—. ¿Se quiere lavar aquí o en el lago?

—No sé —repuso Zinóviev turbado—. Tal vez sea mejor aquí. No importa, no importa, yo mismo me echaré el agua.

—Deje que se la eche yo. Así le será más cómodo.

Zinóviev sacó de la maleta jabón y un cepillo para los dientes, y no pudo dar con los polvos. Hablaban a media voz, pero Lenin lo oyó y dijo sin cambiar de pose:

—Tome los míos. Están junto a la cabecera, envueltos en la toalla. Ya los verá.

El calderillo de las patatas tardó poco en hervir a borbotones, Emeliánov las pinchó con un tenedor, musitó que estaban «listas» y susurró a Zinóviev:

—Llámelo... ¿O a lo mejor no hay que molestar?

—Vladímir Ilich, el desayuno está preparado.

—Voy, voy —dijo Lenin deprisa alzando la cabeza, mas no acudió enseguida; permaneció un rato sentado pensando y su faz adquirió una expresión de angustia, precisamente la que despertaba en Zinóviev aquel complejo sentimiento.

Sin barba y sin bigote el rostro de Lenin había cambiado mucho, se había hecho más severo y sencillo: la barba y los bigotes solían encubrir el contorno firme y voluntarioso de los labios; ahora, en cambio, estaba descubierta su boca grande y resuelta. Solo se parecía a la de antes cuando Lenin sonreía: la piel se le estiraba en los pómulos, entornaba los ojos, se le recogía debajo de los parpados y en las sienes, formando arrugas de picardía y bondad.

Tras permanecer un minuto sentado, se adhirió a los restantes junto a la hoguera. Comió deprisa y en silencio, únicamente preguntó de tiempo en tiempo:

—¿No se oye a Alexandr con los periódicos?

—Aún es pronto —respondía Emeliánov sin dejar de sacar del bolsillo un reloj grande de plata—. Los quioscos se abren a las ocho. Y mientras uno los compra, vuelve, más la media hora de la barca...

Lenin procuraba ocultar su impaciencia, pero no le salía muy bien. Miraba con frecuencia a la senda que llevaba al lago y tamborileaba con los dedos en una rodilla. Sin duda no advertía en aquellos momentos ni a los circundantes ni el agradable calorcillo de la lumbre y, claro es, masticaba sin tener la menor noción de lo que comía.

—Tan pronto como recibamos los periódicos —dijo al fin, levantándose—, Grigori, póngase a terminar su artículo sobre los sucesos del 3 de julio.

—Sí, sin falta —repuso Zinóviev, pero se abrió de brazos al punto—: Y ¿para quién? Si nuestros periódicos están suspendidos...

—Ya se les ocurrirá algo a los nuestros. Lo imprimiremos en Kronstadt. Me figuro que los de Kronstadt habrán conservado su Golos Pravdi. La gente de allí es decidida... y cuentan con muchas posibilidades.

—Es difícil afirmarlo —balbuceó Zinóviev—. ¿Conservar el periódico en estas circunstancias? Es más que dudoso —procurando ocultar su desaliento, se obligó, así y todo, a ponerse en pie y a pronunciar con bastante ánimo y aún con cierta jovialidad—: A escribir, escribir y escribir.

—Son las diez —anunció Emeliánov, después de mirar su reloj de bolsillo—. Alexandr está por llegar.

Lenin y Zinóviev se encaminaron al lugar que Emeliánov había desbrozado entre los mimbres y se acomodaron allí. Trabajaron algún tiempo en silencio, cada uno sentado delante de su tocón y con su tintero inderramable. El sol se alzaba más y más, empezó a calentar. Lenin escribía deprisa. A veces se ponía en pie, iba y venía, susurrando casi en voz alta palabras del artículo, y volvía a sentarse. Finalmente miró a Zinóviev, que estaba sentado pensativo, fijos los saltones ojos en el vacío. Lenin sonrió.

—¿No le sale nada? —interrogó—. En tal caso lea esto.

Plegó las cuartillas del manuscrito, se inclinó por encima del tarugo y se las entregó a Zinóviev.

Era un artículo, incompleto aún, titulado «A propósito de las consignas». Zinóviev se echó sobre la hierba y comenzó a leer. Leía acostado y se entusiasmaba de la extraordinaria energía, rectitud y profundidad de la exposición. «Es digno de los mejores escritos de Marx -pensó Zinóviev, sumiéndose más y más en su embobamiento-, de Marx del período de Neue Rheinische Zeitung, de aquel período en que se encontrara en el centro de la revolución y le pareciera que aquella revolución triunfaría...». Los suaves y algo flácidos rasgos de su cara se endurecieron, pero conforme avanzó en la lectura se le fue alargando más y más el rostro. Meneó la cabeza y plegó las cuartillas, igualando el manojo prolongada y cuidadosamente.

—¿Qué? ¿No le ha gustado? —inquirió Lenin, alzando la ceja izquierda.

—El artículo es magnífico... Únicamente que...

—¿Qué únicamente?

—El planteamiento es totalmente inesperado. ¿Cómo? ¿Retirar en estos momentos la popularísima consigna de «¡Todo el poder a los sóviets!». ¡La consigna de Lenin! ¡Su consigna! —dijo, poniéndose perplejo, casi asustado—. ¡La consigna predilecta de usted, ideada por usted!, ¡y renuncia a ella con tanta tranquilidad! ¡Incomprensible! ¡Inverosímil! ¡Y, creo yo, desventajoso! ¡Las masas se han acostumbrado a esa consigna! ¡Sí, sí, y eso hay que tenerlo presente!

Lenin se rió irónico:

—¡Esas tenemos! Luego ¿usted está en pro del artículo, pero en contra de lo escrito en él?

Zinóviev dijo, haciendo aspavientos:

—¡No es eso, no es eso! Estoy conforme con la esencia de sus razonamientos, pero dudo de la conveniencia táctica. He elogiado su artículo...

—¿Como una producción ejemplar de bolchevismo sin alcance práctico?

—Aguarde, no me interrumpa. Tal vez la clave esté en las formulaciones. Se deben suavizar. Me da la impresión de que los eseristas mencheviques del Comité Ejecutivo Central empiezan a comprender lo erróneo de su conducta, el peligro que supone para ellos mismos la persecución de los bolcheviques. Empiezan a darse cuenta de que basta con dar un dedo a la burguesía para que se tome todo el brazo. ¿Tiene sentido, en estas circunstancias?

—¡Ya caigo! ¡Usted quiere dar a los políticos pequeñoburgueses la posibilidad de que corrijan su error! ¿No puede olvidar en modo alguno que los eseristas y los mencheviques se consideran y se llaman a sí mismos socialistas? Eso es candor pueril o simple necedad, eso es introducir la moral mesocrática en la política. Los sóviets actuales son un apoyo de la contrarrevolución. ¿Cómo puede hablar, en estas circunstancias, de «error» alguno de ellos? Se han lavado las manos, entregándonos a la contrarrevolución. Ellos mismos se han deslizado al foso de la contrarrevolución. En el mejor de los casos, parecen borregos conducidos al matadero y puestos bajo el hacha, balando lastimeramente. Hasta Miliukov se percata de eso. Y no ponga esa cara. A veces los enemigos ven mejor la situación y la comprenden con mayor exactitud. No es ningún pecado aprender de ellos. La gacetilla bulevardesca Zhivoe Slovo ha escrito acertadamente de los sóviets actuales que son como los palurdos que se extravían entre tres pinos. Alguien dice de pronto que se debe llamar a los cosacos, y los sóviets suspiran con alivio y los llaman. ¡Eso son sus sóviets de hoy!

—Mis sóviets —pronunció Zinóviev, esbozando una sonrisa lánguida.

—Después de los sucesos de julio para mí ha quedado clara una cosa: que el poder lo debe tomar por su cuenta el proletariado revolucionario. Entonces volverán a surgir los sóviets, pero no estos, no los de ahora, no los sóviets traidores de la revolución, no los viejos sóviets, sino otros renovados templados y reconstruidos a tono con la experiencia de la lucha.

—Todo eso es cierto. Pero ¿vale la pena?

—¿Vale la pena decir la verdad a las masas? Sin duda alguna, las masas deben saber la verdad. Nada hay tan peligroso como el engaño.

—En principio sí.

—¡Pues si lo es en principio, lo es también en los casos particulares, siempre y en cualquier circunstancia!

—¡Ay, Vladímir Ilich! ¿Para qué me viene con tópicos que conozco tan bien como usted? Usted habla en general y yo me refiero a la táctica.

—Excelente. Nuestra táctica consiste en decir la verdad a las masas. Se les debe decir la verdad hasta cuando nos es desventajosa; solo entonces nos creerán. Seremos invencibles en el caso, y únicamente en ese caso, de que digamos siempre y en cualesquiera virajes de la historia la verdad a las masas, de que no presentemos lo apetecido por lo real, de que no mintamos por esas denominadas consideraciones tácticas. Pues la táctica no está, ni mucho menos, tan aislada de la estrategia como les parece a algunos camaradas... He alzado la voz demasiado, he olvidado que estamos en la clandestinidad.

—Eso mismo. Se ha olvidado —observó Zinóviev, riendo con sorna—. ¡Pues estamos en la clandestinidad! Y por eso me parece desacertado hablar y escribir ahora de la toma del poder por el proletariado revolucionario por su cuenta, como acaba de decir. Semejante planteamiento dará lugar a que se lleven a cabo acciones aisladas, que redundarían en beneficio de la contrarrevolución, como ha ocurrido...

—Confío en que los últimos sucesos habrán enseñado a los obreros a no dejarse provocar en un momento desventajoso. ¿Es posible que no vea usted que la etapa del desarrollo pacífico de la revolución ha concluido irremisiblemente y ha empezado otra etapa, en la que todo lo decidirá la fuerza de las armas? ¿No lo ve? ¡Es raro! Pues yo lo veo. ¡Y lo escribiré todo esto, sin falta!

Zinóviev calló sombrío, se sentó, tornó a hojear las cuartillas del manuscrito y profirió con su hilo de voz:

—A pesar de todo, piense las formulaciones. Me parece que el artículo está escrito en tono irritado. En tono irritado, y con pleno fundamento, contra Dan y Tsereteli... Pero la irritación es mala consejera.

—¡Nada peor que el susto!… Riech, el órgano de los demócratas-constitucionalistas nos denomina intrépidos ushkúiniki[3] del tipo de Vaska Busláiev. Desde luego, basados en la ciencia, pertrechados de conocimientos y de la comprensión del proceso de desarrollo de la sociedad, unos ushkúiniki así no constituían la peor categoría de los rusos. Audacia, audacia y otra vez audacia, dijo no ya Vaska Busláiev, sino Danton, el táctico revolucionario más grande de la historia de la humanidad.

Las voces de los disputantes tan pronto bajaban como se oían tan lejos que Emeliánov hasta se alarmó. Mandó a Kolia hacia el lago y a la derecha, hacia el bosque, a vigilar, en tanto que él, ocupado en sus sencillos quehaceres, atendía a la discusión. Estaba con toda el alma del lado de Lenin. Viejo miembro de los grupos de acción del Partido, era siempre partidario de las acciones resueltas.

«¡Lo está poniendo como un trapo!», pensó Emeliánov, dibujando una resplandeciente sonrisa aprobatoria al escuchar a Lenin y atusándose el negro bigote para embozarla y no enojar a Zinóviev en caso de que lo mirase. En aquella praderilla encontraba a Lenin cierto parecido con la dinamo de su fábrica, fija en la pared y trepidante de la energía contenida, como si quisiera soltarse y desenvolverse a sus anchas.

---

3 En la Rusia medieval se llamaba *ushkúiniki* a los hombres en rebeldía, libres, que formaban bandas y se desplazaban en *ushkuis* (barcazas) y se dedicaban al pillaje. Vaska Busláiev era un personaje épico, bandido, que robaba únicamente a los ricos.

5

Aun con todo, Zinóviev, que conocía bien a Lenin, llevaba su poco de razón en los barruntos que le daban respecto del estado de ánimo de este. En efecto, Lenin sentía a menudo una sensación de pena y soledad.

Esa sensación, rara visitante de su alma abierta de par en par a la gente, tal vez fuera consecuencia de la tensión sufrida durante muchos meses, de un cansancio extraordinario de intervenir en mítines y reuniones, y de la constante tranquilidad exterior y presencia de ánimo, que le suponían no pocos esfuerzos. La actitud de burlona indiferencia que adoptaba ante los incesantes chismes y calumnias asombraba a los camaradas, pero no era sino una habilidad, adquirida en el curso de su vida, de reprimir las sensaciones en aras de la causa. Hay que decir que esa habilidad se le daba hasta entonces regular.

Por extraño que parezca, un caso totalmente insignificante, al que en un principio Lenin no concedió ninguna importancia, le sacó de quicio. Tres días antes, estando en la buhardilla del cobertizo de Emeliánov en la estación de Razliv, Lenin pidió a este que buscara entre los obreros bolcheviques de la fábrica de Sestroretsk a un mozo listo y vivo, capaz de ejecutar las funciones de enlace, sencillas pero requeridoras de aguante y perspicacia. De Petrogrado solía venir un enlace del CC donde Lenin, pero no estaba de más tener a mano a una persona para enviarla allá en casos de urgencia.

Emeliánov le prometió traerle a una persona así y Lenin, tras pensarlo, propuso someter al supuesto enlace a cierto modo de prueba. Emeliánov había de traerlo cerca del cobertizo o introducirlo en él y entablar alguna conversación, que Lenin escucharía y luego, si resultaba aceptable, Lenin bajaría y se daría a conocer.

Al día siguiente vino un obrero joven a casa de Emeliánov. Lenin los observó a través de una rendija de la buhardilla; miró, entornando los ojos, cómo anduvieron despacio por el corralillo, cómo se detuvieron junto a la casa y se acercaron al cobertizo. El mozo que había elegido Emeliánov le gustó. Era fuerte, rubio, dócil y sonriente con cara bondadosa de facciones regulares; trató con cierto respeto agradable a Emeliánov y a su mujer, Nadezhda Kondrátievna, que se acercó en aquel momento a saludarlo y luego desapareció en el huertecillo, llevada por sus numerosos quehaceres.

Emeliánov entró con el joven en el cobertizo y se sentaron los dos a una mesa. Lenin se acostó en el heno y se puso a escuchar con mucho interés.

—Cuenta, Alexéi, ¿qué tal van las cosas en la fábrica?

—¡Las cosas! —repuso el interpelado—. Mal. Nos aprietan por todos lados. No hay manera. Dan ganas de largarse uno a cualquier parte.

—¿Por qué?

—¡Y lo preguntas! No nos dejan vivir. No se oye más que «espías alemanes, agentes de Guillermo»... Todo anda de mal en peor.

—Es natural —dijo Emeliánov, removiéndose inquieto en el banquillo—, se comprende, son enemigos del proletariado...

—¡Enemigos!... Si solo fueran los enemigos. ¡Lo dice todo el mundo! Dan ganas a uno de largarse a cualquier parte.

—¡Qué muletilla es esa de largarse, largarse!... Los pequeños burgueses dicen cuatro tonterías y tú te desanimas.

—Y lo que dicen de Lenin... ¿Acaso son solo los pequeños burgueses? Hasta los viejos revolucionarios... ¿y qué interés podrán tener ellos? No está bien. Eso es muy feo.

—¡Tonto, tonto, más que tonto! Crees a cualquier cuentista... Bueno, vamos, vamos...

—No es que los crea... Pero ni tú ni yo sabemos lo que tiene dentro. ¿Quién sabe lo que es? Nosotros somos obreros de filas. Y él se ha pasado toda la vida en el extranjero. ¿Es que has estado tú todo el tiempo a su lado? Tú mismo sabes lo de Azef y lo de Malinovski. También les creíamos. Malinovski fue hasta bolchevique, miembro del CC... Estas conversaciones me dan náuseas, no me dejan dormir por la noche. Y Lenin, ¿qué? ¿Se ha escapado? Si no lo hubiera hecho, si se hubiera presentado a los tribunales y se hubiera justificado, otra cosa sería. Pero se ha fugado. Escriben que ha volado a Alemania en un aeroplano.

Emeliánov estaba abatido. El corazón le latía con celeridad. Ya no oía lo que decía Alexéi, tenía la atención puesta en la buhardilla. Al otro lado de la ventana cantó un gallo y ladró un perro, y Emeliánov hubiera querido que el perro ladrase y el gallo cantase más fuerte y más rato para que no se oyera nada en la buhardilla. Emeliánov se puso bruscamente en pie, volcando el banquillo, y dijo severo:

—Yo creía que eras una persona... ¡Bah!... Ea, vamos, vamos...

—¡No tienes por qué enfadarte, Nikolái Alexándrovich — exclamó rápido Alexéi—, no tienes por qué enfadarte! Es una duda que me oprime el pecho. Y te lo cuento a ti, como camarada.

—Bueno, vamos.

Alexéi se calló, luego dijo, volviéndose de espaldas:

—¿Sigues enfermo?

—Sí.

Salieron del cobertizo. Alexéi se despidió con una torpe inclinación de cabeza y se alejó. Emeliánov permaneció un minuto parado, luego tornó lentamente al cobertizo, se quedó otro minuto allí parado, escuchando. No se oía nada. Se puso rojo como la grana, se arregló la camisa y empezó a subir los peldaños de la escalera a la buhardilla. Lenin estaba sentado a la mesa, escribiendo. Cuando la cabeza de Emeliánov asomó por el agujero de la buhardilla, alzó la vista hacia él, lo atravesó con una penetrante mirada bastante larga, luego se puso inesperadamente alegre y dijo:

—¡Señor mío, vaya enlace que eligió usted! ¡Menuda elección! No importa, no importa, no se apure... Por desgracia y por suerte, sí, ¡y por suerte!, la clase obrera no es una masa homogénea —se aproximó al agujero de la buhardilla, se puso en cuclillas y dio unas afectuosas palmadas a Emeliánov en la espalda—. No se apure.

A Emeliánov se le quitó un peso de encima, suspiró con alivio y, tras guardar silencio, emitió con tono de culpabilidad:

—Resulta que no conozco bien a la gente...

Lenin repitió con la misma afabilidad, pero ya distraído:

—No se apure.

Sin embargo, más tarde, por la noche, cuando estaba escribiendo el artículo «La situación política» en el fresco baño que había a la orilla de la laguna, junto al patio de los Emeliánov, se paró a pensar y a él mismo le supo mal. Precisamente, porque, en suma, el mozo era bueno y sincero. Se notaba en él que tenía lecturas, cierta cultura, peculiar de los mejores obreros petrogradenses. Bien es verdad que a Lenin no le gustó el joven cuando se marchó, no le gustó su espalda cargada, algo cheposa, crasa. Pero se daba cuenta de que la espalda del mozo no tenía nada que ver en ello, que su hostilidad a la espalda del mozo era una simple compensación por lo sufrido durante aquel diálogo.

El baño estaba limpio, algo oscuro y hacía fresco en él. A Lenin le entró tristeza. Hundió la cabeza en los brazos cruzados sobre la mesa, pose nada peculiar de él. Comprendió que lo dominaba aquel estado de supertensión nerviosa que lo había obligado en Suiza y cerca de Cracovia a abandonar inmediatamente el trabajo, marcharse a la montaña y caminar por allí, fatigarse físicamente. Aquí era imposible hacer eso. Estaba forzado a no moverse de aquel baño y de aquella buhardilla, tenía puestos todos los sentidos en los sucesos que sobrevenían en Petrogrado y en las columnas de los periódicos de diversas tendencias que gritaban y calumniaban procurando desorientar a la clase obrera y a las masas de soldados, intentando denigrar a sus ojos el Partido de los bolcheviques.

Lenin alzó la cabeza. Las hojas de los periódicos estaban desparramadas encima de la mesa, segregando veneno por cada renglón. En Riech se decía de los demócratas-constitucionalistas: «El partido de la libertad del pueblo exige que se defiendan la libertad y la seguridad de Rusia contra nuevos ataques, deteniendo inmediatamente a Lenin y a sus cómplices».

«No son provocadores, son peores que provocadores: por su actividad han sido siempre, quisiéranlo o no, agentes de Guillermo II... El pueblo tiene derecho de exigir al Gobierno de la república libre que se investigue totalmente la actividad de Lenin. Forzosamente tendremos que volver a estudiar este bolchevismo más de una vez.» Esto lo escribía Vladímir Búrtsev.

«Señores, cuando uno oye las voces de la gente que ha pasado por Alemania, cuando se para uno a pensar en lo que propagan, para mí suena claramente que eso no es sino permanencia prolongada entre los alemanes, impregnación de ideas suyas. Ahí no hay nada ruso.» Así dijo en su discurso el octubrista[4] Sávich.

---

4 Octubristas: miembros de la Unión del 17 de Octubre, constituida después de publicarse el manifiesto zarista del 17 de octubre de 1905. Era un partido contrarrevolucionario, que representaba al gran capital.

En el discurso de Miliukov se decía: «En todos los casos relacionados con el nombre de Lenin he respondido solo con tres palabras: ¡Detenerlo, detenerlo, detenerlo!».

«En la sala del Primer Cuerpo de Cadetes (Ribera de la Universidad, 15, entrada de la iglesia) S. A. Klivanski (Maxim), miembro del Sóviet de Diputados Obreros y Soldados, leerá la conferencia "¿Revolucionarios o contrarrevolucionarios? Crítica del leninismo". La entrada cuesta 30 kopeks.»

«Cabaret Bi-Ba-Bo. Calle Italiánskaia, 19. Hoy, congregación a las diez y media de la noche. Medicina contra la murria doncellil. Cancioncita de Lenin. Un trozo de playa. Cancioncita del bolchevique y del menchevique. Cuento del abuelito y del rabanito. El hombre emplomado y muchos números más. Entrada, 10 rublos.»

«Estimados hermanos cosacos: nuestra querida madre Rusia os tiende los brazos a vosotros, hijos libres de las estepas, y llora amargamente. En Kérenski tenemos un líder nacional. Falta, pues, un caudillo capaz de levantar en armas a las masas cosacas. Basta ya de traiciones, anarquía e ignominia leninista; clamad: ¡Fuera!; traed la paz en vuestras espadas y obtendréis aprobación universal.»

Los ojos de Lenin se entornaron despectivos. «No hay mal que por bien no venga», pensó, mirando la gris laguna a través de la diminuta ventana. Los demócratas-constitucionalistas y Kérenski se habían extremado. Los millones de ejemplares de periódicos burgueses, que denigraban cada uno a su manera a los bolcheviques, contribuían a que las más amplias masas valorasen el bolchevismo. Y cuando lo valorasen debidamente, les llegaría el fin a los demócratas-constitucionalistas y a Kérenski. Los eseristas y los mencheviques, como cuadraba a los pequeños burgueses, se pasaban de un bando a otro. Tan pronto se pronunciaban en pro de Lenin, defendiéndolo contra las calumnias, declarando por boca del propio Tsereteli que Lenin «hacía una propaganda ideológica, de principios», formando una comisión investigadora de la «causa de Lenin», como apoyaban las calumnias, disolvían la comisión investigadora y exigían que Lenin compareciese ante los tribunales de la burguesía.

Lo único de lamentar era que los obreros, como este Alexéi de espalda crasa, se dejasen embaucar por la propaganda enemiga, siguieran creyendo en la nobleza de los «viejos revolucionarios» de los sóviets actuales y en la justicia de los tribunales burgueses. «De espalda crasa.» ¡Al diablo con esa espalda!

Este Alexéi había mencionado casualmente a Malinovski y abierto la herida reciente, aún no cicatrizada, que Lenin llevaba en el alma. Román Vatslávovich Malinovski, elevado en 1912 al CC del Partido, líder de la minoría bolchevique en la IV Duma de Estado, había resultado ser un provocador que recibía de la policía política secreta quinientos rublos mensuales, la máxima soldada para los provocadores. Después de la Revolución de Febrero, la prensa burguesa gozaba injuriando a los bolcheviques con motivo del caso de Malinovski y acusaba a Lenin de que «encubría» al provocador. La verdad era que Lenin no creyó en la traición de Malinovski hasta el último momento en que se publicaron pruebas fehacientes e irrefutables del archivo del departamento policíaco. No creyó en ello pese a que algunos camaradas se lo advirtieran, pese a no haber sido Malinovski del agrado de Nadezhda Konstantínovna Krúpskaya, dotada de un fino instinto para conocer a la gente, pese a que Malinovski se comportó de extraña manera, renunciando súbitamente y de forma arbitraria al mandato de miembro de la Duma de Estado y marchándose al extranjero. No pudo ni quiso creerlo. ¿Por qué? ¿No sería porque Malinovski era obrero, ajustador? Lenin sentía cierta debilidad por los obreros, y no solo por la clase obrera en su totalidad, sino por cada obrero, consciente o aún inconsciente, por separado. No podía soportar a los socialistas que a semejanza de Plejánov, adoraban al «proletariado», juraban por el «proletariado», pero no sentían gran afecto por Vania, Fedia, Mitia, Iván Ivanovich y Pelagueia Petrovna; no creían en sus facultades mentales ni les concedían el menor valor. El «proletariado» se convirtió paulatinamente para tales socialistas en algo difuso indeterminado, carente de fundamento, en una fórmula, seca como un esqueleto y huera de un Dios.

Sí, Lenin se enorgullecía de los hábiles discursos de un obrero en la Duma, de lo bien leído que era, de su afán de saber, de sus dotes narrativas, y confiaba en que, con el tiempo, de esta persona saldría un verdadero dirigente obrero, un «Bebel ruso». Aun al enterarse de que la mujer de Malinovski había intentado suicidarse –ahora parecía probable que ella se enterara de la traición de su marido– y posteriormente, cuando Malinovski apareció en Porónino asustado y hecho un guiñapo, Lenin no concibió la posibilidad de que hubiera traicionado y lo achacó todo a un agotamiento del sistema nervioso y al sentimiento de ofensa por las sospechas de que Malinovski tenía noticia. Malinovski, sin embargo, líder obrero que infundía pánico al presidente y a los camaradas del presidente de la Duma y pronunciaba en ella con tanto ardor discursos escritos por Lenin para él, ¡resultó que entregaba esos discursos a la censura previa de Beletski, el director del departamento policíaco!

—De modo que, respetable Alexéi —pronunció Lenin en voz alta—, hay obreros y obreros...

Lenin pensó afligido en lo fácil que era conseguir la aprobación expansiva de este Alexéi y de otros simplones tan ingenuos como él. Aún no era tarde para entregarse a la policía. Alexéi no comprendía que no habría proceso alguno; en el mejor de los casos meterían a Lenin en chirona y le impedirían que influyese en los acontecimientos; y en el peor de los casos –cosa casi indudable– lo asesinarían camino de la cárcel. (¡Magnífico motivo para que Alexéi se arrepintiera de sus extravíos ante

Emeliánov!) Si Lenin hubiera accedido a ello, eso hubiera sido forjarse ilusiones pequeñoburguesas, imperdonables en un revolucionario proletario.

No obstante –¡lo que es la debilidad humana!–, aunque todo eso estaba totalmente claro para él, Lenin advirtió que no cesaba de componer constantemente en su cabeza el discurso que pronunciaría ante el tribunal burgués. Le parecía oír las intervenciones de los fiscales, responderles exponiendo la historia quindenial del bolchevismo, su ideología, sus fines. En cuanto a las habladurías sobre el espionaje, los propios acusadores sabían bien que eran necias y no tenían fundamento. Toda la acusación se basaba en las declaraciones del teniente Ermólenko, un improvisado espía alemán, capturado por el contraespionaje ruso. Según se afirmaba, dicho Ermólenko había declarado que los oficiales del Estado Mayor alemán que lo habían enrolado le habían comunicado que, aparte de él, en Rusia actuaban como agentes de Alemania Lenin y otros bolcheviques. Solo ignorantes crasos podían creerse que los oficiales del Estado Mayor del Ejército alemán hubiesen descubierto a sus agentes secretos a un novato. Todas esas «declaraciones» estuvieron inspiradas por el contraespionaje ruso y el general Denikin, su dirigente, ya en el mes de mayo y no fueron dadas a la publicidad entonces por su total absurdidad. Solo en julio, intimidado por la manifestación armada, el ministro de Justicia Perevérziev se decidió a poner en juego esa mísera calumnia, con ayuda del renegado Aléxinski, para desacreditar a los bolcheviques a ojos de los soldados.

Desbaratar los argumentos de los calumniadores en aquel juicio no supondría la menor dificultad. Lenin veía ante sí las caras de los «testigos»: veía a Grigori Aléxinski, devorado por una ambición insaciable, escurridizo y repugnante, como todos los renegados; veía la chaquetilla, llena de caspa, de Búrtsev, «terrorista revolucionario», según se decía él mismo, sin que jamás hubiera dado muerte a nadie, individuo de ojillos penetrantes y sucia barba; veía al ambicioso Borís Sávinkov, presumido petimetre anarquizante; veía al exmarxista Potrésov y al exbolchevique Meshkovski; veía a todas estas expersonas, sus barbitas de profesores y lacios carrillos, oía sus palabras, llenas de odio y pánico, y les respondía, descubriendo sus exageraciones, su falta a la verdad, su ignorancia, su odio a la revolución, su miedo a las masas, su desprecio a la clase obrera rusa, su irreverencia con la democracia proletaria y su servil postración ante la democracia europea, burguesa, con sendas congregaciones corales obreras y cervecerías «marxistas». Estaba dispuesto a encontrarse con ellos en la audiencia y dondequiera que fuese y expresarles todo el desprecio que le inspiraban. Y tal vez soñara más que nada en verse cara a cara con Plejánov, en mirarle a los ojos, discutir y tener con él una agarrada ahora, después de haber crecido él mismo con la revolución. La monstruosa metamorfosis del Plejánov internacionalista en un patriotero ruso de tantos, del Plejánov revolucionario en un liberal pequeñoburgués desconcertado seguía apenando y asombrando a Lenin a pesar de la experiencia de los años transcurridos. La historia es complicada. Es posible que Voltaire y aun Rousseau, si hubieran vivido hasta la Gran Revolución Francesa, inspirada por sus ideas, se hubieran opuesto a ella. ¡Qué suerte el saber morir a tiempo! Y Plejánov no había sabido.

Llevado por sus pensamientos, Lenin en su soledad seguía componiendo su discurso, mejor dicho, sus discursos, para pronunciarlos ante el tribunal. Los ojos empezaban a brillarle con picardía; los labios se le arqueaban en un rictus de ironía. Su desprecio a los adversarios políticos del bando de la pequeña burguesía no era un procedimiento de agitación, ni mucho menos: acogía efectivamente los artículos, los discursos, el estilo, la conducta, los babosos sermones y los rimbombantes juramentos de todos ellos con la mayor irrespetuosidad. A veces hasta le asombraban por su total incomprensión de lo que sucedía. Kerenski se le figuraba simplemente un mozalbete, un mequetrefe chillón; Dan y Tsereteli eran para él dos rapazuelos perversos y reservones; Mártov, un niño débil y desafortunado; Chernov, un chico malo y enamorado de sí mismo. Todos ellos resultaron tan poco dignos de la envergadura y del alcance de la revolución rusa que Lenin, en verdad, se asombraba de haberlos tomado antes en serio.

Por lo demás, estaban hechos a modo y manera del pequeño burgués ruso, expresaban su naturaleza vacilante y hablaban en su lengua medrosa. Sus promesas y frases ofuscaban la mente de los pequeños burgueses. Terminar con su influencia era una tarea apremiante. Sin ello no se podía dar batalla a los enemigos principales, a Miliukov, Maklakov, Rlabushinski y Teréschenko, representantes de la gran burguesía; de la contrarrevolución declarada o encubierta a medios. Estos sabían lo que se traían entre manos. Eran hombres de negocios, gente de gran cálculo mercantil, habituados a tratar las cuestiones políticas estrictamente según la conveniencia, desconfiando de las palabras, salían a atrapar el toro por los cuernos. La batalla se libraba precisamente con ellos; después de julio ellos precisamente ejercían el poder en el Estado, y el tribunal, ante el que dicho Alexéi quería que Lenin compareciese, era suyo.

Había que mostrar a toda costa a los obreros el daño que ocasionaban las ilusiones que tenían por los sóviets conciliadores existentes y por la justicia de los Kérenski y Perevérziev.

Lenin concibió a la sazón en el pequeño y fresco baño dos artículos, titulados posteriormente «A propósito de las consignas» y «Acerca de las ilusiones constitucionalistas».

6

Lenin estaba terminando ya, sentado junto a la choza entre los matorrales, el primero de esos artículos, cuando se oyó un silbido convenido y en la praderilla apareció Alexandr, de diecisiete años, el hijo mayor de Emeliánov. Lenin se abalanzó a su encuentro y le arrebató un abultado paquete de periódicos. Sin pronunciar una palabra, se sentó en la hierba delante de la hoguera apagada, al lado de Zinóviev y Emélianov, y se puso a hojear la prensa, emitiendo de vez en cuando sonidos de aprobación: «bien, bien, ajá, bien, bien». Pareciera que mantenía una acalorada discusión tácita con alguien; sus ojos expresaban ora menosprecio, ora abatimiento, ora pasión, ora satisfacción, ora frenesí.

—Se ha empezado a hablar de restablecer la pena de muerte —dijo, levantando al fin la cabeza—. He aquí un telegrama de Kornílov, que parece un ultimátum: «Un ejército de gente enloquecida e ignorante, indefensa por parte de las autoridades contra la degeneración y descomposición sistemáticas, perdido el sentido de la dignidad humana, se ha puesto en fuga. O se le pone coto a esta fuga y el Gobierno revolucionario detiene esta ignominia o, si no puede hacerlo, la marcha ineludible de la historia promoverá a otras figuras que limpien la deshonra, anulando al mismo tiempo las conquistas de la revolución, por lo que no podrán hacer feliz al país...». Grigori, ¿oye estas amenazas sordas? ¡Interesantísimo! ¡Muy significativo! Más adelante es aún peor: «Yo, el general Kornílov, cuya vida íntegra desde el primer día de existencia consciente hasta la fecha ha transcurrido en el servicio abnegado a la patria, declaro que la patria se hunde... Hace falta, inmediatamente, como medida provisional...».

—¿Provisional? ¿Es que este «abnegado servidor» de la patria teme expresarse sin reservas? «(...) reclamada por la excepcional situación sin salida que se ha creado, poner en vigor la pena de muerte y los consejos sumarios en el teatro de operaciones». Esto es hablar en serio. Sin rodeos. Casi sin rodeos. Y aquí mismo, ¡miren!, el decreto del Gobierno restableciendo la pena de muerte, firmado por Kérenski, Efrémov y Yakubóvich. El ultimátum ha sido aceptado. Con una pequeña variación, muy peculiar del palabrero de Kérenski, se han instaurado no los consejos sumarios a secas, sino los consejos sumarios revolucionarios. Para que suene más bonito, para que las masas tomen esta medida por revolucionaria. Apoya a Kornílov otro revolucionario tremebundo, el literato terrorista Borís Sávinkov. Escribe este: «Pena de muerte a quienes se nieguen a arriesgar la vida por la patria, la tierra y la libertad». ¡Qué fraseología tan revolucionaria, pero podrida por dentro, pues no da ni tierra ni libertad! ¿Y qué hace el CEC de los sóviets entre tanto? ¿Qué hacen nuestros socialistas? ¡Ajá! ¡Bien, pues! He aquí a los «jefes de los organismos plenipotenciarios de la democracia rusa». Cuenta rendida de la sesión conjunta del CEC de los sóviets de diputados obreros y soldados y del CE de los diputados campesinos. Kérenski dice en su discurso: «El Gobierno salvará a Rusia y forjará su unidad a sangre y hierro, si los argumentos de la razón, del honor y de la conciencia son insuficientes». Nos alude a nosotros, las detenciones, los asesinatos y la vil calumnia se consideran argumentos de la razón, del honor y de la conciencia. Le responde el propio Nikolái Semionovich

Chjeídze. Promete plena ayuda al Gobierno Provisional. Bien, bien, Kérenski abraza a Chjeídze, se besan. ¡Cuánto les gusta besuquearse! La historia de Rusia debe inscribir en sus tablas que, al restablecer la pena de muerte, los pequeños burgueses se complacían en besuquearse. El señor Fiódor Dan propone –¡muy a propósito con motivo de la restitución de la pena de muerte, muy a propósito!– una resolución exigiendo que usted, Grigori, y yo nos presentemos a los tribunales. El mismo Fiódor Dan, que hace quince años llevó en su maleta de doble fondo, de Múnich a Bielostok, mi libro *¿Qué hacer?*, libro que le entusiasmó bastante y en el que, dicho sea de paso, ya se proclamaba entonces nuestro objetivo: la revolución socialista. ¡Recovecos de la historia!... A Petrogrado siguen llegando las tropas que el Gobierno llamó para aplastar a los bolcheviques. Han llegado el 177 Regimiento Izborski; el Regimiento Vendenski de Infantería; el 9 Destacamento de Ametralladoras, al mando de Colt; la 3 Escuela de Alféreces... El 14 Regimiento Mitavski ha entrado con todo su armamento en la Plaza del Palacio, donde lo ha saludado, ¡ja, ja!, nada menos que Víctor Chernov, el dirigente de los eseristas y ministro del Gobierno burgués... Se va hacia una dictadura bonapartista y los ministros socialistas hacen de pantalla. Se ha celebrado una reunión extraordinaria de los oficiales de la guarnición de Petrogrado. No comprenden mal la situación, mejor que los exmarxistas. El capitán Zhuravliov dice que «una organización sindical, como es el sóviet, carece de aptitud para dedicarse a los asuntos estatales». El capitán Milovánov propone hacer extensiva la pena de muerte a la retaguardia y también para los civiles. Aún se expresa mejor y con mayor precisión el jefe de centuria Jomutov: «Hace falta un cirujano. Y ha de serlo una dictadura militar única». ¡Oh!, han soltado todo lo que tenían dentro.

—He aquí un articulejo de un tal Arbúziev, por supuesto que es un seudónimo. Por supuesto que es demócrata-constitucionalista, sin duda lo es. El título es breve, pero significativo: Él. Un articulillo lírico con fondo político muy claro. «Durante el último mes –escribe este demócrata-constitucionalista (¡no hay duda de que lo es!)– he pensado a menudo en él. He procurado figurármelo. He buscado su faz entre los transeúntes con los que me he cruzado, he intentado adivinar su nombre en las largas hileras de nombres, antes desconocidos, que nos trae diariamente la prensa. Porque cada día dudo menos de su llegada. ¿Quién es? Un militar, naturalmente. Un oficial. Un teniente o quizás un joven capitán. La graduación no importa actualmente. El camino está abierto a los talentos. Seguramente ha de ser bilioso, porfiado en el trabajo, dotado de un amor propio monstruoso, pero sabiendo disimularlo. Es completamente frío y de mente serena, libre de toda ilusión, flexible y agudo como una espada. No siente el menor atractivo por palabras como "patria", "libertad", "proletariado", "igualdad", "democracia", "socialismo" y "felicidad general". Observa, espera y calcula. El 3 de julio, después del tiroteo habido en la calle de Sadóvaia, se me figuró un momento que lo veía. La muchedumbre, enardecida, rugía como el mar. Y como un nadador emerge en la cresta de una ola, apareció, a hombros de un grupo de gente, un oficial con chaquetón de cuero y tres galones, indicadores del número de heridas, en la manga. Llevaba al hombro un fusil que acababa de arrebatar a un guardia rojo. Era de baja estatura, ágil y gallardo. Sus brillantes ojos negros miraban atentos y fijos. Su perfil recordaba..., claro que el parecido era ilusorio, inexacto, pero recordaba a Napoleón en la juventud. ¿No le parece a usted, lector, que oye el lejano eco de sus pasos? ¿No siente usted en la azul claridad de la noche blanca de Petrogrado cómo la gigantesca sombra de alguien se yergue del suelo al cielo?...». ¡En eso sueña la burguesía! El burgués ve perfectamente que en la azul claridad de la noche blanca de Petrogrado se yergue del suelo al cielo una sombra gigantesca del proletariado triunfante. Lo ve y tiembla de pavor, y sueña con que otra sombra, grata a su corazón, la del bonaparte ruso con un fusil arrebatado a un guardia rojo, la sombra del dictador adorado, de un cínico, para quien las palabras "patria", "libertad", "proletariado", "socialismo" y "felicidad general" no tengan el menor atractivo, tape a esta sombra...».

—Habla de un teniente o un joven capitán por hablar, eso es un decir. Para eso se hallará no ya un teniente, sino todo un general. Puede que ese mismo «cuya vida íntegra ha transcurrido en el servicio abnegado» y que ha instaurado la pena de muerte «como medida provisional». Pero todos estos Arbúziev hacen sus cálculos sin contar con el amo. ¡Estos profesores y jurados siguen creyendo que las masas, la muchedumbre son el estiércol de la historia! ¡Siguen crédulos de que pueden alcanzar sus objetivos por medio de combinaciones ministeriales y repartos de carteras! Atiza, pues aquí hay hasta poesía, escuchen:

Una copla canté de húsar

con la cocinera en la cocina.

Ay, Rusia mía, no te hundas

de Lunacharski en la sima...

De esposa no quiero

beso alguno fementido,

que me digas prefiero

dónde Lenin se ha metido.

—¡Hum, hum!... También hay malas noticias. En Rével han asaltado los periódicos bolcheviques Utro Pravdi y Kiir... En Helsingfors han suspendido el periódico Volná. En Kronstadt se ha prohibido la salida de Golos Pravdi. ¿Ha terminado su artículo, Grigori? ¿Aún no? Termínelo de todos modos. Yo acabaré el mío ahora también. No hay por qué afligirnos, los publicaremos en algún sitio. ¿Por qué estás tan mohíno, Alexandr? No tengas miedo. Hacen los cálculos sin contar con el amo. Gracias a los periódicos, a pesar de haber traído malas noticias. Las malas noticias fortalecen el carácter. ¿Te vas ya? Da recuerdos a tu madre. Hasta la vista, Alexandr. ¿Quién traerá los periódicos mañana?

7

A mediodía día hizo mucho calor. El bochorno pendía sobre la pradera, como algo pesado e inmóvil, y ni aun la sombra, engañosamente oscura, podía con él: totalmente abrasada, se había convertido en apariencia de sombra nada más. En vano buscaban refugio en ella nubes de mosquitos, lagartijas y libélulas. Lenin interrumpía su trabajo más y más a menudo y contemplaba a Emeliánov, que guadañaba hierba semidesnudo por allí cerca.

Emeliánov segaba la hierba únicamente por cumplir con la conspiración, para que el pajar fuera más alto, como durante una buena siega. No obstante, lo hacía con maña, sabiendo manejar la guadaña y a gusto. En general, servía para todo. Allí era difícil guadañar. Lenin probó una vez y por poco rompió la cuchilla: había muchos tocones pequeños entre la hierba. Estando aún en la buhardilla del cobertizo, Lenin se complacía mirando por las rendijas cómo Emeliánov hacía de carpintero o cavaba la tierra y cómo Nadezhda Kondrátievna cocinaba junto a la casa, al aire libre teniendo en brazos a Gosha, el benjamín de dos años. Su limpia frente se perlaba de sudor y su bello semblante se sonrosaba. Lenin pensaba que aquella gente obrera eran revolucionarios auténticos, dispuestos a dar la vida por la emancipación de la clase obrera. Pese al mortal peligro que corrían, habían aceptado, sin poner el menor reparo, a ocultar a Lenin en su casa. Pero la familia es la familia y, mientras se prolongaban las cosas, hacían sus quehaceres vivamente y de buen grado, regaban el huertecillo, cocinaban, arreglaban la casa, sacaban adelante a sus siete hijos, educándolos inadvertidamente, sin gritos ni reprimendas, en virtud de la propia honradez consigo mismos y con las gentes, en virtud de la veracidad y del trabajo constantes.

Era la primera familia obrera rusa en cuya vida había entrado Lenin el último tiempo. Le agradaba escuchar el habla rusa en boca de niños, pues había tratado a pocos y, cuando había tenido ocasión, había sido a hijos de emigrados, que hablaban en francés o en alemán. Atormentado por el insomnio, bajaba al amanecer de la buhardilla y cruzaba con pasos silenciosos por entre los niños, que dormían sobre el heno. Yacían a sus anchas, sonrosados, calentitos, y sus ronquidos infantiles y su respiración acompasada le enternecían. Sentía deseos de que los viera Nadezhda Konstantínovna. En aquellos instantes le daba envidia de los Emeliánov, de sus preocupaciones y alegrías familiares, que él, revolucionario profesional, no había tenido antes ni tendría nunca.

Al despertarse, toda la familia se ponía manos a la obra, cada uno trabajaba en la medida de sus fuerzas por el bienestar de todos.

A Lenin le gustaba aquella calmosa actividad humana de familia numerosa. Cuando los miraba a ellos y a su trabajo, como ahora a Emeliánov con la guadaña, le dominaba una pasión por el trabajo manual, quería cavar, cepillar, acarrear tierra, fregar suelos. Tardaba poco en olvidar esos deseos suyos, tornaba a sus artículos y hojas de los periódicos, y de nuevo le poseía enteramente el fervor de otras pasiones, los sufrimientos y las esperanzas de las masas, las pérfidas maquinaciones de los partidos.

Cuando Kolia volvió de su «recorrido» por la orilla del lago, encontró a Lenin de nuevo sumido por entero en el trabajo. Se sentó ante la choza y miró largo rato cómo escribía, pensaba, se ponía en pie, paseaba, recapacitando, de un lado a otro, sin prestar atención al sofocante calor. Quería invitarlo a bañarse, pero no se atrevió a interrumpirlo, pues el padre lo regañaba por eso.

Tras permanecer un rato sentado, Kolia se encaminó otra vez al lago. En un recóndito sitio tenía escondidas unas cañas de pescar. Sacó una y se sentó a pescar, pero los peces no picaban: hacía demasiado calor. Por eso escondió la caña, sacó un arco y flechas del mismo escondrijo y tiró al blanco. Anduvo toda la mañana por los contornos de la choza, cumpliendo a conciencia sus funciones de explorador. Pisaba cauteloso los senderos, apartaba sin ruido las ramas de los árboles, fijaba atento la mirada en las caprichosas figuras de los árboles secos y quedaba inmóvil, escuchando los sonidos indistintos del bosque y el zumbido de los mosquitos en la maleza.

Se adentró en el bosque y oyó al poco el agudo silbido de una guadaña; escondiéndose, llego a un claro, en el que estaba el lote para la siega de hierba de Rassólov, también obrero de Sestroretsk que vivía en el poblado de Razliv, cerca de los Emeliánov.

Kolia echó cuerpo a tierra, se arrastró y quedó inmóvil tras un árbol. Rassólov guadañaba, limpiándose constantemente el sudor de la frente, guadañaba con movimientos menudos, prudentes, soltando en voz baja maldiciones en los instantes en que la guadaña rozaba algún toconcillo o pella ocultos en la hierba. Kolia lo miró, entornando los ojos, como Lenin; y aunque conocía perfectamente a Rassólov y a su hijo Vitia, se imaginó, para que resultara más interesante que no era Rassólov, sino un polizonte del Gobierno Provisional que se fingía guadañero para vigilar a Lenin. Cerró los dedos de la mano derecha en un puño dejando extendido el índice, a modo de revólver, y apuntó cuidadosamente a Rassólov en la frente, luego en el pecho, pensando a dónde sería mejor disparar para terminar con aquella «víbora» de un disparo, sin entablar tiroteo, pues el ruido podría atraer a más policías, ocultos por doquier detrás de cada árbol.

Entre tanto, Rassólov concluyó su faena, limpió el dalle con hierba, lo dejó apoyado en la pared de la choza, carraspeó y se sentó a comer. Sacó del talego un pan, una botella de aceite de girasol, un manojo de cebollas tiernas con sus tallos y varios pepinos. Estaba sentado de costado a Kolia reclinado en el pajar, y Kolia, aplacando su rencor y dando paso a la misericordia, decidió no disparar en esta ocasión, pues no le traía cuenta, no le venía a mano. Retrocedió hacia la fronda del bosque y torció a la izquierda, sin hacer ruido, como antes, quedándose petrificado al menor sonido. Poco después se topó con un hormiguero, se paró junto a él, se pegó a tierra y, conteniendo la respiración, se puso a contemplar a las hormigas igual que si pudieran ser sabuesos de la policía. Las hormigas caminaban arriba y abajo, adelante y atrás, pasando unas por encima de otras. A pesar de todo, notaron la presencia de Kolia y en el montón se levantó gran revuelo, las hormigas corrieron más deprisa, se precipitaron, como si hicieran una revolución. Probablemente tenían también a su propio Kérenski. Una hormiga arrastraba un tallito rojo, de seguro era bolchevique. Únicamente no sabían mitinear, hacían su obra en silencio. Y no partían pepitas de girasol entre los dientes, escupiendo las cáscaras, como los soldados en la avenida Nevski.

Kolia rodeó el montón del hormiguero y se encaminó a la orilla. Se había cansado ya algo de esconderse, pegarse a tierra, quedarse inmóvil a cada ruido e imaginar que todos eran polizontes y cosacos. Mas, al salir al lago, se tendió al instante cuan largo era: una barca se acercaba. El corazón se le encogió. Quiso echar a correr hacia la choza, pero lo pensó mejor y decidió observar. Poco después distinguió las figuras de dos personas y pasado un minuto reconoció a su hermano Kondrati. Remaba. Kolia sonrió, aunque no salió de entre los arbustos; procuró olvidar que había reconocido a su hermano, puso cara seria y vigiló intensamente la barca. Así y todo, aquello era algo ¡y no el montón de un hormiguero! «Vienen hacia aquí», musitó Kolia preocupado. A proa venía sentado un hombre con chaquetón de cuero. «Chaquetón de cuero con el calor que hace», pensó Kolia, sospechoso. La barca se adentró en los juncos de la orilla. Kolia reconoció al del chaquetón de cuero: era Viacheslav Iósifovich Zof, obrero de la fábrica de Sestroretsk, que había venido varias veces a ver a Lenin.

Sin dejarse ver por su hermano ni Zof, Kolia se retiró a rastras de la orilla a los arbustos y echó a correr a la choza. Su padre había terminado ya de guadañar y se ajetreaba junto a la hoguera. Salía de allí un agradable humillo acre. Lenin y Zinóviev seguían escribiendo, apenas visibles tras la espesa salceda. Kolia silbó fuerte, como un pinzón real, y se escondió en la maleza, sin salir a la praderilla para hacer mayor el misterio.

Momentos después aparecieron Zof y Kondrati en la praderilla inundada de sol. Lenin salió deprisa a su encuentro, pero se detuvo, ladeó la cabeza, miró irónico a Zof y dijo, guiñando un ojo a Zinóviev:

—Aquí lo tiene usted, con chaquetón de cuero... Ágil y buen tipo. Los ojos brillantes de mirada fija y atenta... —se echó a reír y volvió a caminar al encuentro de Zof, confundido y desalentado este por las palabras que no llegó a entender—. ¿No le ha dicho nadie que se parece a Napoleón cuando era joven? ¿No?... A Dios gracias. Quítese el chaquetón camarada Zof, se puede asar con él.

—Lo traigo encima por el forro —explicó Zof, confuso. Se quitó el chaquetón. Descosió el forro y sacó todo un montón de papeles. Un vientecillo que se levantó de pronto los esparció; Lenin se abalanzo a recogerlos y Zof, a ayudarle; Lenin se reía y Zof, secundándole algo inseguro, se maravillaba de su naturalidad y de la pasmosa serenidad que tenía en aquellos momentos tan graves.

Cuando los papeles estuvieron recogidos, Lenin frunció el ceño e inquirió en voz baja:

—¿De manera que todos nuestros periódicos han sido suspendidos? ¿El Golos Pravdi de Kronstadt también? ¿Cómo lo han permitido los camaradas de Kronstadt?

—En su lugar sale Proletárskoe Delo. Salió al día siguiente de haberse suspendido Golos Pravdi. Lo redacta Liudmila Nikoláevna Stal.

—¡Estupendo! —exclamó Lenin y se volvió hacia Zinóviev—. ¿Ve, usted?, como suponíamos, los de Kronstadt no han quedado mal —añadió yendo a su lugar de trabajo, entre los matorrales, y tornó enseguida con las cuartillas manuscritas—. Siéntese, camarada Zof. Ahora se lo explicaré todo. Tenga dos articulillos acabados de escribir: «La situación política» y «Nuestro agradecimiento al príncipe G. E. Lvov». Tengo aquí otro articulillo más, escrito antes, en Petrogrado, sobre la dimisión de los demócratasconstitucionalistas del Gobierno. Entregue los tres articulillos a Proletárskoe Delo. En lugar de «sublevación armada» he escrito en todo el texto «lucha resuelta», para que las autoridades no la tomen con el periódico y no lo prohíban, es el único que nos queda… Confío en que los obreros comprenderán bien la expresión… ¿Qué tirada tiene el periódico?

—No sé, ha salido solo un número. Se lo diré con más exactitud la próxima vez… Tenga estas cartas. Nadezhda Konstantínovna y la camarada Lílina están bien. Mañana le enviarán con Tókarieva mudas y algo de comer.

—Muy bien, con ella mandaré otro artículo, que procuraré terminar hoy. Es un artículo muy importante. Y ahora escribiré una carta a la redacción de Proletárskoe Delo, firmada por nosotros dos, Grigori. Es preciso que Kronstadt, y no solo Kronstadt, sino Petrogrado también sepan que estamos vivos, que trabajamos y rechazamos la infame calumnia.

Lenin se sentó a escribir. Zof miró cuán rápido y concentrado lo hacía. En torno de él revoloteaban mosquitos y libélulas. Los espantaba con movimientos distraídos de la mano izquierda. A veces se arrastraba por el papel una oruga, él la tomaba y, sin mirar, la arrojaba a los arbustos.

—¿Qué hay en Petrogrado? —inquirió Zinóviev—. ¿Han desarmado a las unidades revolucionarias?

Zof apartó los ojos de Lenin y empezó a referir:

—Sí, he estado personalmente esta mañana temprano en la Plaza del Palacio cuando desarmaban al 1.er Regimiento de Ametralladores. Toda la plaza estaba rodeada de tropas. A lo largo del Palacio de Invierno estaban unidades de cosacos y de caballería; junto al Estado Mayor, la infantería ciclista; a lo largo de la fachada del Ministerio de Hacienda y del Ministerio de Negocios Extranjeros, las unidades de la 1.a División de la Guardia; y en torno de la columna de Alejandro, batallones de regimientos de Cazadores Semiónovski y unidades contrarrevolucionarias traídas del frente. El puente de Piévcheski estaba lleno de camiones con ametralladoras... Nuestros ametralladores salieron en grupos sueltos y dejaron las armas en medio de la plaza... Una vez desarmados, los soldados han sido enviados bajo custodia a Solianói Gorodok.

Zinóviev preguntó, tras sacudir la cabeza:

—¿Qué les amenaza, concretamente?

—De seguro los enviarán al frente con tercera categoría. Como a los de castigo...

—Dígame, ¿han entregado todas las armas? —inquirió Lenin desde lejos, alzando la cabeza de los papeles—. ¿Será posible que hayan entregado todas las armas?

—Al hacer la entrega se ha registrado una gran falta de ametralladoras. Ha habido mucho escándalo por eso. El teniente Kozmín puso el grito en el cielo de lo indignado que estaba.

—¡Conque han escondido armas! ¡Claro que se las habrán entregado a los obreros! ¡Muy bien por ellos! Entérese mejor de todo eso, es muy importante, importantísimo. Por supuesto que andan mal de ánimo los soldados, ¿eh? ¿No ha podido hablar con ellos? ¿Con ninguno de ellos?

—He hablado con Borísov. Están que trinan. Se sienten ofendidos y están que rabian... Borísov es un campesino muy consciente de la región de Vladímir. Al verme se echó a llorar, pero luego se rió con rabia, amenazó con el puño y dijo: «Bueno, que nos manden al frente, allí también haremos de las nuestras, ¡no se alegrarán!...».

Lenin preguntó pensativo:

—¿Borísov? ¿Qué Borísov? ¿Lo conozco yo?

—No creo, es dudoso...

Lenin se animó.

—Es dudoso —dijo—. Eso es bueno, que sea dudoso. Por lo tanto, son muchos los que piensan así —se inclinó sobre el papel y renovó su rápida escritura; luego se puso en pie y tendió lo escrito a Zinóviev. Mientras este leía la carta a la redacción, Lenin se acercó a Zof y le dijo—: Tengo otro encargo importante para usted. Es muy importante. En Estocolmo, Nadezhda Konstantínovna sabe dónde, está un cuaderno mío. Es un cuaderno azul con pastas duras. Se titula *El marxismo acerca del Estado*. Es preciso que me lo manden aquí lo antes posible. No lo olvide: el cuaderno azul. Es muy importante. ¿No se le olvidará?

—Pierda cuidado.

—¿A dónde irá de aquí directamente?

—Al consejo municipal del barrio Víborgskaya. Entregaré los artículos a Nadezhda Konstantínovna, las mecanógrafas los pasarán a máquina en un periquete y mañana por la mañana a más tardar estarán en Kronstadt, en poder de la camarada Stal.

—Perfectamente. Dígale a Nadezhda Konstantínovna que no venga a verme: no hay duda de que la vigilan. No se olvide del cuaderno azul.

Sumido en la lectura, Zinóviev se extrañó sobremanera al oír el ruego de Lenin sobre el cuaderno azul. Sabía de qué cuaderno se trataba. En Porónino y luego en Zúrich Lenin había anotado en él cuanto Marx y Engels expresaran de importancia sobre el Estado. El ruego de Lenin de que le trajeran el cuaderno azul allí, a la choza, asombró a Zinóviev tanto como las conversaciones de aquel con Emeliánov sobre los precios de la col y las propiedades de la sopa de pescado con percas o sin ellas; después del aplastamiento de julio y del desarme de los regimientos bolcheviques, emprender investigaciones teóricas le parecía a Zinóviev una ocupación sin sentido alguno. ¿Tal vez Lenin quisiera sosegarse, ocupar su tiempo y sus pensamientos en complicados enredijos dialécticos? ¿O creía verdaderamente que, transformado en folleto y aun admitiendo que llegase desde aquel apartado lago a manos de la gente, el cuaderno podría desempeñar ahora alguna misión, tendría ahora alguna importancia? De nuevo volvió a parecerle a Zinóviev que el entusiasmo de Lenin era fingido, que hacía ostentación de ese entusiasmo ante Zof, ante Emeliánov y ante él, Zinóviev. Firmó la carta, se la entregó a Zof y miró a Lenin de soslayo. Lenin estaba descalzo, de pie en la hierba, desabrochada la oscura camisa, encendiéndose y apagándose en sus ojos cierto fulgor, un fulgor conocido, que solía brotarle en instantes de inquietud o de pasión. Fue a acompañar a Zof, y Zinóviev oyó de lejos decir a este que habían detenido a Krilenko, Mejanoshin y Arutiuniants, pero Lenin, como si no hubiera oído las malas noticias, seguía con lo suyo:

—Los apuntes del cuaderno están escritos con claridad, expuestos con bastante orden y estudiados parcialmente. Están con letra menuda, pero legible, de modo que no hará falta adivinar y descifrar. Se trata de cuestiones actualísimas de la dictadura del proletariado... Su voz se perdió en la lejanía.

«Sí, me falta optimismo», pensó Zinóviev, mordiéndose un labio. «Quizás yo sea una persona débil, desbaratado por la derrota y con los ánimos perdidos. ¿Y él? ¿Quién es él? ¿El 'espíritu absoluto', como se expresara Hegel?»

Al retornar, Lenin dijo:

—Hace un calor terrible. No se puede trabajar: tengo un barullo en la cabeza. ¿No será mejor recostarme un rato?

Entró en la choza y poco después ya no se le oyó. «El 'espíritu absoluto' ha ido a dormir a la choza», pensó Zinóviev, parafraseando el conocido aforismo de Hegel. Dijo a Emeliánov:

—Hay que sacudirse la modorra, ¿eh, Nikolái Alexándrovich? ¿Vamos a bañarnos?

Fueron al lago, y dejaron a Kolia guardando la choza, por si acaso. Kolia se sentó en el toconcillo en que solía sentarse Lenin y empezó a dar cabezadas, pero procuraba no dormirse, recordando las eternas advertencias de su padre y de su madre de estar alerta. Se acordó súbitamente de su madre y sintió nostalgia por ella, cosa que no cuadraba con la condición de explorador, como resolvió al punto para sus adentros. Se puso en pie y empezó a pasearse, como solía hacerlo Lenin.

8

Nadezhda Kondrátievna Emeliánova estuvo animadísima todo aquel tiempo. Se ocupase en lo que se ocupase e hiciera lo que hiciese: fregara la vajilla, guisara la comida, lavara ropa, escardara los caballones del huerto, zurciera medias o acostara a los pequeñuelos, se sentía mentalmente de pie en el extremo de su corral, junto al estanque que comunicaba por un canalillo con el lago de Sestroretski Razliv, siempre en la misma pose de inmovilidad; de espaldas al lago, abiertos los brazos, como protegiendo el lago y la praderilla de la otra ribera, en la que estaba la choza, contra todo el mundo hostil.

Se le aguzó la vista y se le afinó el oído. Empezó a notar todo cuanto ocurría en derredor suyo y antes pasaba desapercibido para ella. Distinguía los pasos femeninos de los masculinos al otro lado de la valla, tapada por arbustos de lilas; las voces que se oían por la vecindad y en la calle le llamaban ahora la atención y le servían de pábulo para recapacitar.

Advertía en sus cavilaciones que ahora pensaba menos en su marido y en sus hijos, a quienes amenazaban inmensas desgracias en caso de que fueran descubiertos. Pensaba únicamente en Lenin y en que la seguridad de Lenin dependía de ella y de sus seres queridos.

Aquellas sensaciones confusas, pero vigorosas, le llegaban al corazón. No hubiera podido explicarlas con palabras, mas sentía que se encontraba en medio de lo más grande y que comprendía mejor que su marido, con su sentido maternal, femenino, la personalidad de Lenin. Nikolái Alexándrovich sabía perfectamente lo que Lenin significaba para el partido, pero lo conceptuaba igual que un miembro de este conceptúa a su líder, como un soldado a su jefe. Pensaba más en la causa que en la personalidad.

Lo mismo había concebido Nadezhda Kondrátievna a Lenin antes de haberlo conocido. Había recibido el encargo del partido de ocultar a su dirigente, no diría que con indiferencia, pero sí con sentido plenamente práctico, y se puso a pensar enseguida dónde alojarlo, qué darle de comer, qué tenderle por lecho, expuso muchas objeciones acertadas de los defectos del cobertizo (se alzaba junto a la misma valla, al lado de la calle), de las opiniones políticas de los vecinos, etcétera; en suma, lo hizo todo como estaba habituada a obrar en calidad de bolchevique, de mujer de un miembro de los grupos de acción del Partido, que había ocultado armas y objetos ilegales de todo género durante la revolución de 1905, que había sufrido más de un registro, detenciones del marido y estaba siempre dispuesta a arrostrar cuantos contratiempos y desventuras le deparaba su condición.

Su actitud serena y practicista cambió poco después de aparecer Lenin en su cobertizo. Lenin no se parecía a ninguna de las figuraciones que ella se había hecho. Su sencillez y extraordinaria delicadeza, su sociabilidad y viveza le asombraron. Por lo visto, no esperaba que un hombre célebre pudiera ser tan sencillo y nada afectado. Le pasmaba el interés constante, y diríase ávido, que él mostraba por ella, por su marido, por sus hijos y por sus preocupaciones diarias. Aquel interés era simple y profundo a la vez. Lo mostraba precisamente por ella y por sus hijos: Kolia, Alexandr, Kondrati, Serguéi, Gosha, Lev y Anatoli, por sus menudos quehaceres y demandas vitales, pero, al mismo tiempo, aquel interés constituía una parte de otro mostrado por algo mucho mayor, por todos los trabajadores, por sus inquietudes y experiencia de la vida. A menudo, cuando le contaban algo, se ponía a meditar y decía: «Es interesante... Eso es muy importante...», «Habrá que tenerlo en cuenta...».

Se veía que cualquier referencia, aun la más insignificante de la vida diaria de la gente y de sus menesteres, la sopesaba enseguida en una balanza especial y pensaba en aplicar, en mucho mayor escala, cuanto había colegido de lo oído. Estaba enteramente allí con ellos, con las gentes entre quienes vivía, y al mismo tiempo no estaba del todo con ellos, sino con otra inmensa multitud de gentes desconocidas personalmente. Así se deleita un pintor, contemplando un paraje o examinando a gentes igual que haría cualquier otra persona, pero al mismo tiempo piensa, a diferencia de otros: «pintaré esto», «podría pintar esto», «esto me puede servir».

Al observar cómo ella hacía todas sus faenas domésticas con la diestra, sosteniendo constantemente en el brazo izquierdo a Gosha, sacudía la cabeza y decía, como de pasada:

—Habremos de conseguir que se instalen hogares infantiles que puedan aliviar algo a las madres el peso de los quehaceres domésticos.

Nadezhda Kondrátievna fregaba los platos varias veces al día, ejecutaba aquel habitual trabajo sin pensar, maquinalmente, y se extrañó mucho cuando él dijo cierta vez, de improviso:

—Instalaremos comedores públicos baratos para que las mujeres puedan dedicarse a grandes cosas y no solo a las pequeñas.

La halagaba aquella desacostumbrada atención por sus ajetreos domésticos, pese a que comprendía que aquella solicitud no se debía solo a ella. En cierta ocasión Lenin pronunció unas palabras que le causaron particular asombro:

—Invencible es aquella revolución que cuenta con el apoyo y la participación de las mujeres.

Por las tardes, después de la jornada de trabajo, Lenin bajaba del desván. Al oír sus pasos por la escalera, todos los moradores de la casa se animaban, los ojos de los niños se encendían de curiosidad y gozo anticipado por la amena y entretenida charla que se avecinaba.

Zurciendo medias, barriendo un rincón o sirviendo té, Nadezhda Kondrátievna escuchaba la tertulia de Lenin con los niños y su alma de madre se regocijaba de que sus hijos tuvieran trato con él, pues se harían más espabilados e instruidos. Lenin les contaba de su deportación en Siberia, de las capitales occidentales, de los glaciares y lagos suizos y de cómo vivía la gente de distintos países.

Los muchachos estaban quietos en sus asientos y Nadezhda Kondrátievna procuraba hacer el menor ruido posible, sonriendo queda cuando todos reían.

Cierta vez, Lenin contó de su infancia y de su hermano mayor, ahorcado exactamente hacía treinta años en la fortaleza de Schlisselburgo. Todos estaban muy serios en sus sillas y Nadezhda Kondrátievna lloró desapercibida, inclinada en un rincón sobre la media que estaba zurciendo.

En otra ocasión, Lenin empezó a vaticinar en broma el porvenir de los muchachos. A Kondrati, que se había aficionado recientemente al anarquismo y frecuentaba un club anarquista, le auguró llegar a general del futuro ejército proletario o, mejor aún, almirante de la flota revolucionaria: «el mar lo tienes al lado y tu padre es marinero y conoce a las mil maravillas el golfo de Finlandia. ¡Sí, serás almirante!». A Alexandr, muchacho inteligente y despierto, el mejor ayudante de la madre, le presagió ser ingeniero o incluso (¿y por qué no? ¡Los obreros estarán al mando!) gerente de una fábrica gigantesca de aperos agrícolas, que se construiría sin falta. «Fabricarás arados de hierro y tractores (¿No sabes qué es eso? Pues máquinas norteamericanas para labrar la tierra deprisa y sin esfuerzo). Labrarán toda la tierra rusa, desharán los deslindes.» Kolia, con sus pensativos ojos claros, sería científico, inventaría el aeroplano para volar a la Luna y volaría allá el primero. Dicho eso, Lenin volvió la cabeza hacia Nadezhda Kondrátievna y empezó a persuadirla de que los hijos de los proletarios tendrían la enseñanza gratuita, «por eso –dijo riéndose– usted no tendrá que preocuparse, no llevará gasto ninguno».

—¿Y yo? —Interrogó vergonzoso Anatoli, rapazuelo de diez años.

—¿Y yo? —Inquirió diligente Lev, de seis años.

—No se me ocurren profesiones para todos —repuso Lenin, abriendo los brazos con cómico ademán—. ¡Seréis lo que queráis!

Lenin hablaba en broma, pero no del todo. Nadezhda Kondrátievna miraba con ternura a sus hijos y a él y, siendo atea, estaba dispuesta a rezar a Dios para que le diera salud y prosperidad, así como, por supuesto, a sus hijos, sentados en torno a él.

A veces Lenin se ensimismaba, su boca marcaba un rictus de dureza y su semblante cambiaba de expresión, casi se desfiguraba. En tales ocasiones todos callaban y empezaban, como si se hubieran puesto de acuerdo, a hacer cada uno sus cosas, leían libros, periódicos o salían del cobertizo al corral.

Zinóviev era también una persona culta, cortés y locuaz, pero algo distraído y desatento. No reparaba en los niños. A veces se ponía a hablar con Lenin, delante de todos, en francés o en alemán, probablemente para que nadie lo entendiera, y Lenin se enojaba visiblemente con él por eso y le respondía sin falta en ruso.

Acostumbrada a Lenin, Nadezhda Kondrátievna a duras penas podía creer que lo persiguieran -tanta era su viveza, simpatía y amabilidad–, que miles de sujetos anduvieran buscando su rastro y, en esencia, solo lo aparta de ellos el delgado tabique de un cobertizo. Y al ojear un periódico, en el que le atacaban rabiosamente, o al oír en una tienda conversaciones alusivas a él, se horrorizaba de la propia despreocupación interna. Entonces atrapaba en el corral y por los rincones del cobertizo a sus hijos y les recordaba por centésima vez su obligación de callar, de no delatar ni de palabra ni con la mirada que en casa había gente extraña y de olvidarse de que en el desván habitaba una persona. Cuando todos ellos se reunían, los miraba por turno, imperiosa y penetrante. Vigilaba con singular tesón, casi con hostilidad, a Kondrati. Ahora no le podía perdonar su afición al anarquismo y eso que antes no había hecho el menor caso de ello. Kondrati se turbaba bajo su mirada fija y le sonreía confuso. Entonces ella, que conocía la honradez de su hijo, se avergonzaba de sus sospechas y hacía una rápida caricia en un carrillo. No sabiendo cómo hacer partícipes de otro modo a sus hijos la sensación de alarma y responsabilidad que le embargaba todo el ser hubiera querido recogerlos a los siete en sus entrañas.

9

Por la mañana, como de costumbre, Nadezhda Kondrátievna mandó a los hijos mayores a por periódicos para Lenin. Los compraban en distintos lugares, para guardar la conspiración: en la estación de Sestroretsk, en el balneario, en Tarjovka y en Razdiélnaya. Cada muchacho llevaba una lista permanente de periódicos. Alexandr compraba los periódicos eseristas y mencheviques. Kondrati estaba encargado de los periódicos y revistas bolcheviques. Serguéi compraba los diarios de las «Centurias negras» y bulevardescos que le cayeran a mano, así como las hojas burguesas de Petrogrado y de Moscú. A veces la propia Nadezhda Kondrátievna los compraba en la estación de Razliv.

Aquel día ella se había dispuesto a salir de compras a la tienda y decidió, al mismo tiempo, adquirir en la estación su parte de periódicos.

Cuando los hijos mayores se fueron cada uno por su lado, Nadezhda Kondrátievna se puso el sombrero adornado con cerezas y la pañoleta heredada de su madre, y, dejando a Gosha y Lev al cuidado de Anatoli, que tenía diez años, partió hacia el poblado. Un dependiente conocido le facilitó inadvertidamente, sin cola, la compra en la tienda, y ella se encaminó al quiosco de la estación. Se daba mucha prisa. Podía venir alguien de Petrogrado y, en general, le daba miedo abandonar su puesto junto a la orilla del estanque. Sin embargo, cuando partía ya de la estación, se topó con Faddéi Kuzmich, pariente suyo y propietario de una mercería de Sestroretsk. Llevaba una buena melopea, la gorra en la coronilla y los rojizos bigotes arrogantemente atusados. Le agradaba hablar de política. Había sido monárquico recalcitrante hasta el 9 de enero de 1905, mas, luego del ametrallamiento de los obreros en Petrogrado, aborreció al zar y se hizo republicano tan fervoroso como antes monárquico. Ahora, dondequiera que hablase, ponía a Kérenski por las nubes y poco le faltaba para que le rezase oraciones.

—¡Hola, Kondrátievna, cuánto tiempo sin vernos! —dijo, descubriéndose—. ¡Salud y castañas! ¡Cuánto tiempo! —al notar el envoltorio de periódicos que asomaba de la cesta de ella agregó, riéndose mordaz—: ¿Lee Nikolái Alexándrovich? —y, sacándolos de la cesta, exclamó perplejo—: ¡E-e-eh! Veo que tu maridito se ha vuelto más espabilado... ¡Mira lo que lee ahora! Muy bien hecho. Se acabaron los bolcheviques... ¡Nuestro gran jefe Kérenski Alexandr Fiódorovich los ha metido en cintura!

Ella siguió su camino a casa sin decir palabra. Él, sin embargo, se pegó a ella y, andando por la arena algo detrás, no cesaba de parlotear. Ella, en tanto, recordaba con asombro que haría un par de semanas lo creía una persona inteligente e interesante y ahora veía que era un gallito y tonto de capirote. Por lo demás, ella apenas si le prestaba oído, pensaba en lo suyo y seguía imaginándose, abierta de brazos, a la orilla del estanque y de espaldas al lago. Deseaba perder de vista a Faddéi Kuzmich y llegar a casa lo antes posible, como si su ausencia pudiera influir en la seguridad de los que estaban en la choza. Delante de la gente no mentaba a Lenin, ni aun en el pensamiento, por su nombre, sino como queda dicho: «los de la choza». Procuraba desahuciar de su cerebro este nombre como si temiera que se lo pudieran leer en la cara. Volvió a escuchar a Faddéi Kuzmich únicamente cuando oyó el nombre de Lenin en sus labios:

—¿Has oído lo de Lenin? ¡Ya se sabe dónde está! ¡Ha aparecido el amiguito!

Nadezhda Kondrátievna se detuvo un instante, Faddéi Kuzmich la alcanzó y volvió hacia ella su grandote y sandio semblante de bigotes pelirrojos.

—¡En Suecia! —desembuchó chascando la lengua.

Nadezhda Kondrátievna volvió a caminar y él la siguió de nuevo. Junto a la puertecilla de la valla de su patio, Nadezhda Kondrátievna acortó el paso, confiando en que él se despediría; mas no lo hizo, tal vez con la esperanza de que lo invitaran a una copa o simplemente porque deseaba tener un interlocutor, aunque fuera mudo. Entraron los dos en el patio. Mientras tanto, ella se recobró de la sorpresa y hasta preguntó con voz desfallecida:

—¿En Suecia, dice? ¿Por quién se ha enterado usted?

—Lo sabe todo el mundo. Se ha escapado en un submarino. Échale un galgo.

Faddéi Kuzmich se sentó en el portal de la casa, sacó una bonita caja de cigarrillos emboquillados Sir y, de esta, un pitillo fino y demasiado corto, evidentemente de otra marca; Nadezhda Kondrátievna pensó que antes jamás hubiera advertido este pormenor...

Mientras él charló de esto y de lo de más allá, Nadezhda Kondrátievna entró en el cobertizo, se quitó el sombrero y la pañoleta, tomó un cubo de patatas, salió al patio y se puso a mondarlas junto al hogar. Los peques habían desaparecido. Probablemente estarían con los vecinos. Ella mondaba patatas y pensaba alarmada en que debería advertir a sus hijos mayores que no vinieran a casa, pues el copioso número de periódicos, de distintas tendencias por añadidura, podría despertar las sospechas de Faddéi Kuzmich. Se acercó lenta a la puertecilla de la valla y miró a la calle, que conducía a la estación. No se veía un alma. Volvió a su sitio.

—¿Dónde está Nikolái? —inquirió Faddéi Kuzmich—. ¿En la fábrica?

—Está de vacaciones. Ha tomado en arriendo una pradera y la está segando.

—¿Qué me dices?... Por lo demás, es verdad que pronto nos vamos a alimentar de heno; los espías alemanes arruinarán a Rusia.

—Vamos a comprar una vaca.

—Eso está muy bien, eso es obrar con sentido hacendoso... ¿Por qué vivís en el cobertizo y tenéis la casa cerrada? ¿No hay veraneantes?

—La estamos arreglando.

—¿Vosotros mismos o habéis contratado a obreros?

—La arreglamos nosotros mismos —repuso Nadezhda Kondrátievna, que se acercó otra vez a la puertecilla y retornó—. ¿Quiere ir al otro lado del lago a ver a Nikolái? Tenemos barca —le propuso, sabiendo que tenía al agua un pánico mortal, que ni siquiera se bañaba en el lago—. Los remos están en ella.

—Ni por asomo... No tengo tiempo para pasear en barca.

Se puso en pie, disponiéndose a despedirse. Ella se alegró de que se marchara. En aquel momento vio a Emeliánov, con un saco al hombro, en el sendero que venía del estanque. Al ver al visitante se detuvo, hizo ademán de retroceder, pero ya era tarde: Faddéi Kuzmich lo había visto.

—¡Cuánto tiempo sin vernos! —pronunció su consabido saludo—. Me he enterado de que estás segando hierba.

—Sí, algo por el estilo.

—Bueno, hombre, bueno. ¡Y Lenin ya ha aparecido!

Emeliánov se quedó un tanto perplejo. Preguntó, dejando el saco en el suelo:

—¿Qué Lenin?

—¿Qué Lenin? Pues el tuyo. Lo han encontrado en Suecia.

—Nadia, ponme agua para que me lave.

—Por allí anda de restaurante en restaurante, convidando a todo el mundo, gastando el dinero a espuertas.

—Tráeme una toalla, Nadia. Luego ¿es rico?

—¿Y tú qué te creías? En Petrogrado también hacía muchas francachelas.

—Nadia, allí hay ya pepinos grandes. No estaría de más escogerlos. ¿Conque en Suecia? Pues yo he oído que ha volado a Suiza en un aeroplano.

—Mienten. Se ha escapado a Suecia en un submarino, eso es seguro. Se pasea por Estocolmo con un bastón de plata y en la caña lleva un cuchillo. Solo bebe coñac francés Martell, no consume ninguna otra bebida.

—¡Recórcholis! Nadia, ¿me das una camisa para que me mude?

—No fuma más que cigarrillos de calidad superior, a 7 rublos el centenar, de Bogdanov, hechos por encargo especial.

—¿De Bogdánov nada más?

—Eso mismo. Y tú, ¿no eras de los suyos? ¿O has cambiado de parecer?

—¡Qué va!... Yo soy de los míos.

—¡No lo niegues! Estoy enterado.

—Tengo otras preocupaciones. Se me ha ocurrido comprar una vaca.

—Ya lo sé. ¡Bien pensado! Aguarda, sé a quién podrás comprarla. Unos conocidos míos de Tarjovka tienen una ternera crecida, muy hermosa. ¿Quieres que vayamos? No pedirán caro. Por la comisión me obsequiarás con una botella de alcohol puro... Bueno, media botella.

—Ya estoy en trato con uno. Ahora voy allá. De modo que perdóname...

—¿Quieres que te acompañe? Yo regateo muy bien, tú no sabes hacerlo así. De cualquier modo, soy comerciante, no como tú: «Proletarios de todos los países, uníos». Haré que te la dejen a mitad de precio, te lo juro. Y aún nos convidarán aguardiente casero. Convenceré al vendedor.

—No. Perdona, pero no acepto. Nadia, vamos.

—Como quieras, muy señor mío...

Decepcionado, Faddéi Kuzmich arrojó la colilla y se despidió al fin. Nadezhda Kondrátievna, que estaba esperando a sus hijos junto a la puerta de la valla, suspiró aliviada. Recogió la colilla con un gesto como si se tratara del propio Faddéi Kuzmich y la tiró al cubo de la basura. Emeliánov se echó a reír, luego estrechó a su mujer en un rápido y cariñoso abrazo, y le interrogó:

—¿Habéis comprado los periódicos?

—Yo sí, los chicos vendrán ahora. ¿Cómo os va por allí?

—A pedir de boca. Le gusta. Dice que es lo mejor.

Ella sonrió.

—Si necesita que le lave o remiende algo, tráelo.

—Está bien.

—¿Y Kolia?

—¡Hecho un hacha! ¡Un verdadero explorador!

—He conseguido arenques. Llévatelos.

—Bueno, y coñac Martell ¿no has conseguido?

Los dos soltaron la risa. Ella siguió interrogando:

—Y por la noche, ¿no pasáis frío?

—No. Claro que hay humedad. Y mosquitos. Pero se puede pasar. Él no se queja.

—Tú te has tostado, Nikolái.

—Guadaño algo.

—Tienes aspecto de estar cansado.

—No sé por qué será.

—Por la inquietud.

—Por eso será seguramente.

—¿Cómo habéis dormido?

—Regular. Él ha tardado mucho en dormirse.

—¿Se ha revuelto?

—No, ha yacido quieto, pero sin pegar ojo. Me he dado cuenta.

—¿Teme algo?

—No. Piensa. Hoy se ha sentado temprano a escribir otra vez. Como siempre, espera impaciente los periódicos.

Al poco tiempo acudieron los chicos con los periódicos. Las patatas estaban ya listas y todos se sentaron a desayunar. Cuando hubieron terminado, Nadezhda Kondrátievna se sentó a la mesa; desayunaba siempre con restos fríos, temerosa de que los hijos no tuvieran bastante. El último tiempo, mientras comía, solía echar un vistazo a los periódicos que traían los muchachos.

Emeliánov empezó a meter en el saco la prensa y las cosas que tenía que llevarse.

—¡Canallas, so canallas! —oyó exclamar a Nadezhda Kondrátievna.

—¿Qué pasa?

Emeliánov no estaba habituado a oír denuestos, siquiera tan inocentes en boca de su mujer y alzó la cabeza.

—¡Qué cosas escriben! ¡Canallas, so canallas! —repuso ella, tendiéndole un periódico...

Él lo tomó, mofándose de su indignación, y empezó a leer entre risitas.

En un suelto titulado Lenin y la cupletista sueca se refería que Lenin había cobrado fama de generoso admirador de las artistas de opereta bufa de verano y había tenido íntimas relaciones con la cupletista sueca Erna Eimusti. «Nadie sabe de las juergas que "el mártir" Lenin se corre en el Teatro de Cristal Bufo. Pero los lacayos recuerdan los días en que Lenin pagaba a 110 rublos la botella de champaña y daba propinas de 25 rublos. Recuerdan también un caso en que reveló su carácter "proletario". Una vez, tras ocupar con su diva Erna Eimusti el reservado n.o 4, llamó a un lacayo para encargar la cena. Al timbrazo acudió el camarero principal, corpulento mastodonte apodado Kazbek. Al verlo, Lenin, que estaba tranquilo, montó en cólera de pronto y pataleó, gritando furioso: "¡Largo de aquí, burgués! Mande a otro lacayo". Kazbek, grueso y alto, con venerable barriga, salió corriendo, máxime al ver una bomba en la mano de Lenin.»

—¡Vaya trolas! ¡Inconcebible! —exclamó Emeliánov francamente asombrado y, luego, tras mirar a Nadezhda Kondrátievna, dijo cariñoso—: ¿Por qué te lo tomas tan a pecho? Aún decían antes mentiras más gordas de él...

Pero ella no podía sosegarse. Casi se estremecía de repugnancia y enojo. Con su sensibilidad femenina, le parecía que aquella calumnia contra la moral de Lenin era más grave y peligrosa que todas las otras. Dijo queda:

—No le enseñes este periódico. Se enfadará tontamente. Déjalo aquí.

—¡Qué cosas tienes!...

—Déjalo aquí —reiteró pertinaz Nadezhda Kondrátievna.

Emeliánov no pudo comprender el porqué, alegó que Lenin había visto cosas peores aún, mas, a pesar de todo, no se llevó el periódico. Así Lenin no se enteró de que tenía «íntimas relaciones» con la cupletista Erna Eimusti.

10

Venían pocas visitas; por lo visto, en Petrogrado se temía dar una pista a los sabuesos de la policía. Solo Berg, Alexandr Vasílievich Shotman, acudía una vez cada tres o cuatro días. Con su barbita castaña, quevedos y sombrero blanco panamá parecía un señor de verdad, circunstancia que, en interés de la conspiración, era muy grata a Nadezhda Kondrátievna. Con menos frecuencia aún los visitaba Zof. Alguna vez cruzaba silenciosa la portezuela de la valla una mujer tocada con un pañuelo negro de viuda; solía traer ya una hogaza de pan ya una muda. Todos ellos venían y se marchaban al anochecer.

Cuando, en cierta ocasión, Shotman vino de la estación por la mañana, Nadezhda Kondrátievna se extrañó. Traía prisa. Interrogó si no se había notado nada sospechoso en torno a la casa; tranquilizado a este respecto, advirtió que por la tarde vendrían dos camaradas («miembros del Comité Central», musitó a la misma oreja de Nadezhda Kondrátievna). Luego retornó apresurado a la estación.

Efectivamente, a eso de las seis de la tarde Nadezhda Kondrátievna vio delante de la puertecilla del vallado a dos individuos. Estuvieron allí medio minuto como si vacilaran; luego empujaron la puertecilla y entraron. Nadezhda Kondrátievna salió al encuentro de ellos. Uno era flaco, gastaba quevedos, grenchuda barbita oscura y tenía ojos muy oscuros y tristes; el otro era delgaducho, fino de cara y usaba barbita puntiaguda.

—¿Cómo vive Kárpovich? —inquirió el de los quevedos con espesa y sombría voz de bajo, como si, en efecto, se interesara por la salud de un ser íntimo y doliente.

—Los médicos dicen que está sano —repuso en seguida Nadezhda Kondrátievna y agregó con voz ya natural—: ahora les haré llegar a él.

El de los quevedos se presentó:

—Andréi.

—Yúsef —dijo el segundo, presentándose.

Ambos recién llegados se sentaron en un banco y estuvieron allí, relajados los músculos, muy cansados al parecer, mirando con ojos soñadores un arbusto de jazmín que crecía junto a la valla.

—¿Eh? —articuló «Andréi», señalando con la cabeza el jazmín, perdido un atisbo de sonrisa en el semblante.

—Bonito —repuso «Yúsef», sonriendo de idéntico modo.

—Habíamos olvidado que hay cosas así en este mundo —dijo «Andréi» medio inquisitivo.

—Sí —otorgó «Yúsef».

Nadezhda Kondrátievna, sin decir esta boca es mía, tronchó una rama de jazmín y se la entregó a «Andréi». Este aproximó la cara a la rama y luego, sin soltarla de la mano, interrogó:

—¿Esperaremos que anochezca?

—No —denegó Nadezhda Kondrátievna—. Partirán enseguida. Llevarán cañas, como si fueran de pesca.

Nadezhda Kondrátievna salió a buscar a alguno de sus hijos. Kondrati estaba leyendo un libro en el huerto. Le entregó el libro a su madre y fue por los remos y las cañas, que estaban en el baño, junto a la orilla. Ambos visitantes lo siguieron en silencio.

Al extremo del corral se descubrió ante ellos una estrecha lagunilla. Bajo el ramaje de unos sauces estaba una barca atada con una cuerda a un pilote.

Kondrati empuñó la caña del timón; «Andréi», los remos. La barca navegó por la laguneja y salió poco después a las vastas extensiones del inmenso lago, cuyas riberas se perdían en la lejanía. Las olas eran casi como las del mar. «Yúsef» sostenía verticales las cañas de pescar, para que se vieran a la legua. «Andréi» remaba bien y con vigor.

Se cruzaron con una barca de veraneantes. Una hermosa mujer iba a popa, medio tendida, arrancando las hojas de una rama de sauce y arrojándolas taciturna por la borda. «Andréi» recogió los remos y siguió cierto tiempo con la vista la barca y las hojas flotantes en el agua. Se rió, volvió a remar y profirió:

—La gente vive como si no pasara nada de particular en el mundo. Lo mismo que uno, dos o diez años atrás. Ya lo advirtió Tolstói con sobrada razón en uno de sus libros.

—Tal vez quieran entregarse simplemente al olvido —apuntó «Yúsef». Navegaron cierto tiempo sin hablar.

—¡Qué silencio! —dijo «Andréi»—. Ensordece, por la falta de costumbre.

«Yúsef» advirtió aprobatorio:

—Rema bien.

—Costumbre del tiempo en que estuve deportado. Hace tres años alquilé una minúscula barquichuela en el exilio de Turujansk. A excepción de mí nadie se atrevía a navegar en ella por el Yeniséi. Yo me burlaba de los vaticinios de los camaradas: me decían que los peces llevaban ya mucho tiempo esperando que les sirviera de pasto. Pero yo sabía muy bien que no sería para ellos ningún plato de gusto: estoy demasiado flaco y soy poco sabroso. Por eso navegaba. Me sentía muy bien, me remontaba lejos, aguas arriba, y luego, cuando la corriente arrastraba la barquita hacia abajo, yo iba sentado, soñando. Recitaba poesías en voz alta. Entonces era aficionado a la poesía.

El fino y extremadamente blanco semblante de «Yúsef» adquirió una expresión meditabunda y esbozó una sonrisa, mas no dijo ya nada.

«Andréi» también calló. Conforme iba aproximándose la costa, se emocionaba más y más. Esta emoción, debida a la ya próxima entrevista con Lenin, se incrementaba aún más por otra circunstancia y era que llevaba en el bolsillo interior de la chaqueta un trabajo que había empezado a escribir estando deportado y que había titulado Ensayos de historia del movimiento obrero internacional. Hacía ya varios meses que soñaba con mostrar su manuscrito a Lenin, pero no se atrevía: le vencía cada vez su cortedad y se callaba a mitad de palabra. Hoy se había decidido a llevar el manuscrito consigo por si tenía valor para dejarlo en manos de Lenin: tal vez lo leyera en ratos de ocio. «Andréi» era autodidacta; en el destierro había aprendido sin maestros el alemán y el francés, leído multitud de libros y tenía inmensos deseos de escribir, pero le faltaba tiempo y seguridad en sus facultades. Se mofaba de su «picazón» literaria, ansiando y temiendo mostrar el manuscrito a Lenin.

Kondrati enfiló la barca a la orilla. Esta se hincó como una cuchilla en el muro de juncos ribereños. En el juncal, al lado, se meció otra barca amarrada a la costa.

—¿Es aquí? —interrogó «Andréi».

Saltaron a tierra y otearon curiosos en derredor. En aquel instante, de unos matorrales salió un chiquillo de unos trece años. Observó atento a los llegados y salió disparado como una flecha, internándose en el bosque.

—¿Qué significa esto? —inquirió alarmado «Yúsef».

—Es hermano mío —explicó Kondrati sonriente—. Corre para advertir nuestra llegada. Hace de explorador.

Anduvieron por una sendero y salieron poco después al claro, sumido ya en la penumbra crepuscular. En medio, se alzaba un alto pajar liláceo. Junto a él centelleaba una hoguerilla. No se veía a nadie. De pronto, desde la densa fronda, a mano derecha, se oyó una reprobatoria voz jovial:

—¡Camarada Sverdlov!... ¡Camarada Dzerzhinski!... ¿Ustedes?... ¡Ea!, esto va contra las reglas de la conspiración.

Sverdlov dijo abriendo los brazos en ademán de disculpa:

—¡No hay más remedio, Vladímir Ilich! ¡Es preciso!

Lenin estaba en pie entre sauces, abiertas las piernas como si hubiera echado raíces en aquella tierra pantanosa. A la luz crepuscular, que remarcaba los contornos de los objetos con peculiar realce, parecía una figura fundida de oscuro metal.

En derredor suyo estaban esparcidos periódicos con piedras o ramas encima para que no se los llevara el viento.

—¡Bien, pues! Encantado de verlos en esta morada sencilla —dijo. Lenin hablaba en tono de broma, mientras sus ojos brillaban con extraordinaria alegría y emoción. No quería revelar sus sentimientos con demasiada franqueza para que ni Sverdlov, ni Dzerzhinski, ni, por los relatos de estos, Krúpskaya, ni otros camaradas, sospecharan que pasaba malos ratos y sentía algo de nostalgia en aquel retiro, en la costa lejana del lago.

—Ya que han venido —dijo— tengan la bondad de contar, contar y contar, sin omitir nada.

—Espere, Vladímir Ilich —repuso Sverdlov, sonriendo—. Usted siempre hace lo mismo, ¿no le deja a uno respirar?

—Pues bien, siéntense, respiren. Grigori, ¿dónde se ha metido? Tenemos visitas. Al fin nos enteraremos de todo por las primeras fuentes.

Zinóviev salió de la choza somnoliento, pero al ver a los visitantes se despejó y fue por la tetera.

—Les invitaremos a tomar té —dijo, trajinando—, por supuesto que les serviremos solo agua hervida, té no tenemos, hacemos la infusión con hojas de grosellero.

Lenin se sentó en un tocón, serio y preocupado.

—Cuenten.

La hoguera, en la que Emeliánov, Kolia y Kondrati empezaron a preparar la cena, echó una llamarada y ardió bien.

Sverdlov dijo:

—Todo está listo para convocar el congreso. Las sesiones se celebrarán en el barrio Víborgskaya, en el edificio de la Sociedad de Abstemios de Sansón. Si la policía da con la pista, tenemos otro local de reserva. A cada delegado se entregará un ejemplar de su folleto «A propósito de las consignas». Hoy lo terminarán de imprimir en Kronstadt. Shotman le traerá un ejemplar de prueba.

El rostro de Lenin se oscureció de la emoción.

—¿Lo han leído ustedes? —inquirió.

—Sí. Lo han leído todos los miembros del Comité Central y del Comité de Petrogrado.

—¿Qué opina usted?

Sverdlov dijo:

—Estoy completamente de acuerdo con el juicio que usted emite de la situación actual. El período pacífico ha concluido.

—Tenemos que prepararnos para tomar el poder —asintió Dzerzhinski con un movimiento de cabeza.

Lenin miró de reojo a Zinóviev, luego fijó toda la atención en los llegados de Petrogrado y les interrogó:

—¿A ustedes no les choca el que se retire la consigna de «¡Todo el poder a los sóviets!»? —y quedó quieto, en espera de contestación.

—Es la única deducción acertada de los sucesos de julio —dijo Sverdlov.

—Aunque inesperada para muchos —agregó irónico Dzerzhinski.

—¿Y no les parece que está escrito en tono de irritación? ¿Demasiado contundente?

Sverdlov exclamó con indignada voz atronadora:

—¿Demasiado contundente? ¿Y las bayonetas apuntadas contra nosotros no son contundentes?

—Bien, bien... —Lenin se frotó las manos de gozo—. ¿Creen ustedes que lo entenderá todo el mundo?

—No, no creo.

—¡Muy bueno! No cree. Perfectamente —Lenin entornó los ojos con picardía—. Grigori también opina que no lo entenderán todos.

—Estamos en un aprieto con los informantes: usted está en la clandestinidad y hay otros muchos detenidos. Sin embargo, confiamos en salir de este apuro. A Dios gracias, tenemos camaradas firmes y conocedores.

—El informe político del Comité Central se ha encargado a Dzhugashvili[5]. Comparte su punto de vista sobre el momento actual y lo defenderá en el Congreso.

—Muy bien. Stalin sabe y es firme.

—El informe de organización me lo han encargado a mí. Seguirán los informes de las localidades: de Petrogrado, de Moscú...

—¡De Kronstadt debe haber sin falta!

—¡Sí, también habrá de Kronstadt!... Luego, de Finlandia, de la zona industrial central. Del norte: Vólogda, Nóvgorod y Pskov; de la cuenca del Volga; de la cuenca del Donets. Del Sur: Odesa y Kíev. De los Urales; del Cáucaso; del litoral Báltico: Rével y Riga; de Lituania; de Polonia; de Minsk con el noroeste...

---

5 Apellido verdadero de Stalin.

—Suena de manera imponente. Como si se tratara de una revista de fuerzas. ¡Muy bien! No se olviden de enviar un saludo en nombre del Congreso a todos los camaradas detenidos.

—A los detenidos y a los ocultos en la clandestinidad. Ya está escrito —Sverdlov prosiguió—: Hemos de participarle otra noticia más. Aquí está, en cuerpo —dijo, sacando del bolsillo un periódico de pequeño formato—. En Petrogrado aparece de nuevo Rabochi y Soldat, órgano bolchevique. He aquí el primer número. En nombre de la redacción le pido que colabore.

—¡Excelente! —exclamó Lenin—. ¿Cómo lo han conseguido?

—Es todo obra de nuestros especialistas militares: Mijaíl Kédrov y Podvoiski. Ha sido por ellos. Primero Kédrov probó a meterse en Nóvaia Zhizn, pero Ladízhnikov se le echó encima, imputándole: «En vuestra organización se han infiltrado espías, provocadores y chusma de toda clase. Estamos convencidos de que Podvoiski también es un provocador». Entonces Kédrov y Podvoiski le echaron el ojo a una pequeña imprenta de la calle de Gorójovaya, se llama Narod y Trud, y convencieron al administrador, prometiéndole que el periódico sería pacífico, tranquilo, casi como Zadushévnoye Slovo. La tirada del primer número ha sido de veinte mil ejemplares. Se ha vendido en unas horas.

—¡Bravo! —exclamó Lenin, inclinándose sobre el rollizo que le servía de mesa, y tomó un manojo de papeles escritos—. He aquí la respuesta a las «revelaciones» de la Audiencia de Petrogrado. Imprímanlas con mi firma completa. Aquí tengo otro articulillo: «Acerca de las ilusiones constitucionalistas». Procuraré terminarlo y enviárselo mañana. Creo que es muy importante. Aparte de otros motivos, lo escribo para tranquilidad propia. Sí, no se extrañen. Con este articulillo he sometido definitivamente los sentimientos a la razón. Me he demostrado a mí mismo –y confío en que a todos los camaradas del partido– que la resolución de no comparecer ante el tribunal ha sido acertada.

Ustedes saben muy bien lo que me costó adoptarla. Parecía justo y revolucionario en sumo grado presentarse al tribunal y decir cuanto debe decir un revolucionario en esos casos... Dos meses antes, en las mismas circunstancias, hubiera comparecido sin falta. Ahora he crecido ya demasiado para presentarme. La gente madura con rapidez en la revolución. Me alegro mucho de que se haya logrado arreglar lo del periódico. Dentro de unos días les podré entregar otro artículo: «Las enseñanzas de la revolución», o algo por el estilo.

Lenin miró fijamente a Sverdlov y Dzerzhinski; su mirada era más cálida:

—Les envidio que puedan regresar a Petrogrado, sumergirse en ese revoltijo, estar entre los camaradas. Quisiera ver, aunque solo fuera a hurtadillas, nuestro Congreso —dijo, entornando los ojos con picardía—. ¿Qué les parece? Estoy imposible de reconocer. Ustedes no me han visto con peluca. Ahora saco una, me han traído varias para elegir, y ustedes mismos lo verán... juro que no hay peligro.

Dzerzhinski articuló pausado, del modo patético y comedido que le era peculiar:

—Vladímir Ilich, usted no tiene derecho a exponerse a peligros. La situación sigue siendo excepcionalmente complicada. Usted se ha tranquilizado aquí demasiado. Las detenciones continúan. Se ha fijado recompensa por su captura. Lo buscan no solo la policía y el contraespionaje, sino millares de voluntarios. Hace unos días cincuenta oficiales del batallón de asalto han jurado solemnemente dar con usted o morir. Anteayer, en Kronstadt, tras recibir un telegrama cifrado del contraespionaje, en el que se advertía que usted estaba escondido en el barco de línea Zariá Svobodi[6], Tírtov, el comandante del puerto, vino a bordo de la nave e intentó efectuar un registro. Es verdad que la tripulación no

6 «Aurora de la Libertad», nota de la editorial

le dejó, limitándose a asegurar oficialmente que usted no estaba allí. Por todas las estaciones andan sabuesos de la policía con fotos de usted. También se han repartido fotografías suyas a los gendarmes de las estaciones. No sé si ha leído en los periódicos que se ha puesto sobre su pista al famoso perro rastrero Tref... No se ría, Vladímir Ilich, se lo ruego, la cosa no es de risa. En cualquier caso, sepa usted que si no logramos guarecerle, me pegaré un tiro en la sien.

Al oír las últimas palabras Lenin dejó de sonreír, miró inquisitivo a los chispeantes ojos de Dzerzhinski y pensó: «¿Pues qué? Este se lo pegaría... sin más ni más». Sin embargo, dijo enfadado:

—¡Camarada Dzerzhinski! ¡Un tiro en la sien! Eso son bravatas anarquistas... ¡No está bien, no está bien!¿Acaso la revolución rusa puede depender de una persona?! Bueno, no se disguste, no iré. —Lenin se puso triste como un niño y se volvió de espaldas. Luego suspiró y dijo—: Bueno, enséñenme lo que hayan traído, las tesis, las resoluciones, el orden del día, quiénes harán los informes... Enséñenme eso.

11

Oscureció del todo. Terminaron su labor a la luz de la hoguera. Luego cenaron pescado fresco que los moradores de la choza habían sacado con esparavel la noche anterior.

Durante la cena Lenin tampoco cesó de preguntar sobre la situación reinante en las fábricas de Petrogrado, en Moscú, en Helsingfors y Kronstadt, en el frente noroccidental, en Siberia y en las regiones meridionales. Respondía principalmente Sverdlov. Sus respuestas eran parcas, pero completas; mencionaba de memoria cifras, recordaba sin dificultad multitud de apellidos, nombres y seudónimos de Partido. Lenin escuchaba con gran atención y solo a veces, abstraído ora por el humo que le daba en la cara al cambiar la dirección del viento ora por las invitaciones de Emeliánov para que comiera con más apetito, se acordaba del lugar en que estaba; entonces se sonreía distraído y se ponía imperceptiblemente contento de pensar que delante de él estaban sentadas dos modestas personas, algo vergonzosas, en cuyas manos convergían todos los hilos de la organización bolchevique, del «complot bolchevique», como dirían los burgueses...

Luego todos fueron a acompañar a Sverdlov y Dzerzhinski a la barca. Estuvieron un rato en la orilla. Salió la luna, brumosa. No querían despedirse.

Sverdlov dijo:

—Seguramente aquí habrá mucha caza. El bosque es denso. Casi como la taiga.

—Sí —corroboró Emeliánov—. Abundan los urogallos y los patos...

De seguro que suelen venir cazadores por aquí, ¿eh?

—Sí, cuando es la temporada.

Sverdlov sacudió la cabeza:

—Habrá que pensar en cambiar de residencia cuando empiece la temporada.

Lenin callaba. Únicamente al despedirse dijo:

—He encargado que me traigan cierto cuaderno azul. Nadezhda Konstantínovna sabe cuál. Recuérdeselo. Urge mucho.

Al mencionar Lenin el cuaderno azul, Sverdlov se acordó de su manuscrito, que llevaba en un bolsillo de la chaqueta, pero tampoco se atrevió a enseñárselo esta vez. «No tiene tiempo ahora –pensó–, luego se lo enseñaré. Más tarde. Después de la revolución. Tal vez cuando estemos ya en el socialismo cuando tengamos mucho tiempo libre. Además, la obra no es nada del otro jueves, no vale la pena molestarlo con ella».

Afligido, agitó la gorra, despidiéndose de Lenin.

—Déjeme remar a mí, se lo ruego —suplicó Dzerzhinski.

Partieron. Fueron algún tiempo callados. Kondrati llevaba el timón. Sverdlov olía distraído la ramita de jazmín, dejada antes en la barca: se había marchitado ya, y se había agregado a su aroma un tenue olor de humedad y podredumbre. Seguía pensando en Lenin y, al recordarlo, dibujaba en sus labios esa sonrisa prolongada y bondadosa que aparece en las caras de las gentes que han visto algo extraordinariamente grato.

Dzerzhinski, por lo visto, también pensaba en Lenin. De pronto, dijo desde la oscuridad, como hablando consigo mismo:

—No se le puede doblegar.

Sverdlov repuso vivamente:

—¡Así es! Lunacharski me contó que había dicho esas mismas palabras al escritor francés Romain Rolland: «A Lenin no se le puede doblegar, antes se dejaría matar»... —se abrió una pausa de un minuto, luego Sverdlov concluyó con voz algo demudada—: Eso es lo que temo. Reconozco que hasta tengo pesadillas con este asunto.

Siguieron hablando de Lenin y cada uno decía de él aquello que estimaba en sí mismo.

—Es modesto y desconoce totalmente la vanidad. Esa cualidad es muy rara en un dirigente —dijo Sverdlov.

—Alumbra como una antorcha, con luz diáfana —profirió Dzerzhinski.

—Es humano y bondadoso —añadió Sverdlov.

—Es riguroso con los enemigos, únicamente con los enemigos —articuló Dzerzhinski.

De nuevo hubo una pausa. La barca se deslizaba como una flecha.

—Usted rema excelentemente —advirtió Sverdlov.

—Por lo mismo de la deportación —repuso Dzerzhinski sonriendo—. Hube de evadirme tres veces, dos de ellas en barca... En el año noventa y nueve, de KalgorodskI; en el novecientos dos, de Verjolensk... Luego me duraron mucho los callos de aquel salvaje remar.

—Deportistas a la fuerza —ironizó Sverdlov.

Kondrati iba sentado al timón sin despegar los labios y le parecía que las raíces de los pelos se le enfriaban de entusiasmo y afecto por aquellas personas.

12

Apartando la vista de la barca que se alejaba, Lenin dijo:

—¡Qué hombres estos! No se les puede doblegar.

Se sentó en la orilla; los otros le imitaron. Había calma. La tenue neblina anunciadora del otoño cubrió el lago. En el carrizal se oían ruidos y chapoteo. Cerca de allí cruzó rauda una cerceta y produjo un sonido sibilante con las alas. De las tinieblas llegaron las llamadas infinitamente lúgubres y estremecedoras de las chochas, que volaban al sur.

Lenin volvió a repasar mentalmente, con algo de envidia, cuanto le habían relatado los camaradas. En aquel momento le pareció insoportable la vida en el retirado paraje. Sus pensamientos volaron lejos, a Petrogrado y, más allá, a Moscú y otras regiones de las que habían acudido los delegados del Congreso, y pensó apesadumbrado en lo poco que había podido viajar por Rusia; no había estado nunca en Ucrania ni en Turquestán; no había visto el Cáucaso ni Crimea; y en la extensa Siberia había sido un deportado, un confinado adscrito a un lugar. Sentía un deseo vehemente de ir por todas partes, de estar entre las gentes, hablar con ellas, mirarles a los ojos y sentirse partícula integrante de esa fuerza.

Suspiró quedo, se volvió hacia Kolia y le propuso:

—¿Nos bañamos?

—¡Qué bien! —exclamó este. Encogió su flaco vientre, los pantaloncillos se le cayeron solos y se echó al agua.

—Lo quiere mucho a usted —le dijo Zinóviev en voz baja.

—Amor d'amor si paga[7] —respondió deprisa Lenin.

Todos ellos se desnudaron y se metieron en el agua.

—No nade lejos —suplicó Zinóviev cuando Lenin se perdió en las tinieblas.

—No importa, el perro Tref no huele el rastro en el agua —siguió la respuesta ya de lejos.

Luego no se oyó nada. Zinóviev escrutaba preocupado la oscuridad.

—Se deja llevar del entusiasmo —musitó inquieto.

Pronto se intranquilizó también Emeliánov.

—¿No será mejor ir en su busca? —dijo y, echándose a nadar, desapareció en la oscuridad.

Kolia volvió. Jadeaba, pero estaba muy contento y no cesaba de exclamar, entusiasmado.

—¡Oh, cómo nada! ¡Y cuánto rato bucea...!

Se oyó un chapoteo en la oscuridad. Era Emeliánov, que volvía.

Estuvieron los tres un momento en pie en el agua, prestando oído. Al fin Lenin emergió de las tinieblas, dando fuertes brazadas.

—Vladímir Ilich —llamó Emeliánov con reproche—, ¿acaso está bien eso?

—¿Pues qué he hecho? Me sostengo en el agua, Grigori lo sabe bien.

---

7 Amor con amor se paga, en italiano en el original.

Salieron a la orilla y se sentaron en la hierba. Les invadió a los cuatro un agradable embeleso. La noche era muy cálida. En el aire flotaba el trompeteo de los mosquitos.

Preso de languidez, Zinóviev empezó a contar de los primeros días de la guerra, desatada en 1914 por la Alemania kaiseriana que sorprendieron a Lenin en Porónino, cerca de Cracovia, de la detención de este, acusado de espionaje por las autoridades austríacas; Zinóviev vivía a la sazón por allí, en Zakópane. Al enterarse de que Lenin había sido detenido, montó en bicicleta y recorrió diez kilómetros bajo una lluvia torrencial para visitar al doctor Dlusski, revolucionario polaco, y pedirle que intercediera en su favor.

—Entonces nos iba mal y ahora peor aún —musitó Zinóviev.

Lenin dijo con voz algo opaca:

—La acusación de espionaje en favor de la Rusia zarista hecha a un revolucionario ruso es para él algo bochornoso y repugnante en sumo grado… Les diré en secreto que para él solo hay otra cosa tan repugnante y bochornosa: ser acusado de espionaje en favor de la Alemania del Kaiser.

Esas palabras se le escaparon a Lenin involuntariamente; no había mentado ese tema ninguna vez en conversaciones. Emeliánov comprendió por primera vez en todo aquel tiempo que Lenin no sobrellevaba con tanta tranquilidad como parecía el revuelo promovido en torno del «espionaje alemán». Lenin mudó enseguida de conversación y se calló en el acto al oír una canción y el rasgueo de una guitarra, que venían del lago. Aquel rasguear y cantar en barcas en la oscuridad, bajo las estrellas, entre los suaves embates de las olas y el trompeteo de los mosquitos infundían sosiego y tristeza.

—Pues sí —profirió Lenin—. ¡Qué delicia estar en un apartado lugar y contemplar la hermosura de la Naturaleza! ¿Qué mejor puede haber desde el punto de vista de un poeta o un pintor? ¿Cómo dicen esos versos? «Corre apacible y riguroso, pleno de murmullos y ansiedad, a costas de oleaje en soledad y a extensos robledales rumorosos...». Mas yo, pecador, quisiera estar en Petrogrado, en lo más denso de los acontecimientos, en la efervescencia de las masas... Esta vez no he visto siquiera la ciudad como es debido. ¡Ni aun el Jinete de Bronce[8]! Y aquí habría que traer a Gorki... Que se sentara y meditara. Ha hecho mal en dedicarse a la política pura. En política mete la pata. Ve y comprende mejor al hombre y las sutilezas de las relaciones humanas que los choques de las clases y las sutilidades de las relaciones de clase... Incluso a mí me ha defendido en su periódico, en el articulillo «No toquen a Lenin» y en otros, más bien como a Uliánov-Lenin, es decir, como a cierta personalidad que él conoce y respeta, y no como al representante y defensor de los intereses de una clase determinada. La política es un dominio de las relaciones humanas que no atañe a individuos sueltos, sino a millones... De seguro que él se enfadaría si nos inmiscuyésemos en su producción, enseñándole cómo describir una noche estrellada o el oleaje de un lago... Como el de ahora... Sí, la soledad es a menudo menester para el artista. A nosotros, los políticos, gentes terrenales, nos está vedada. Nuestro elemento son las masas. Los poetas, probablemente, a pesar de su inspirada profesión, comprenden que producen para las masas. Pero no de un modo tan rudo ni tan natural. Posiblemente compongan sus mejores producciones cuando se olviden de eso, aunque sea por breves instantes. Mas para nosotros, olvidar eso supone un fracaso seguro... Kolia, ¿no tienes frío?

—No.

Lenin se echó a reír:

—Pues nosotros también llevamos ahora una vida poco prosaica. La choza, nuestro retiro, la clandestinidad, el disfraz, el sabueso Tref... Nada de broma para los marxistas ortodoxos que conocen El Capital de cabo a rabo, como un labriego su finca. Los eseristas se han considerado siempre a sí mismos

---

8 Monumento ecuestre a Pedro el Grande.

unos románticos, y a nosotros, los socialdemócratas, gente pragmática... Probablemente Bakunin opinara así también de Marx: ¡Y mirad lo que les ha pasado a los eseristas! Se ha esfumado su romanticismo bucólico. No ha quedado nada de él. Tan formalitos y panzuditos... ¡Un partido campesino y no les da la tierra a los campesinos; y nosotros, los pragmáticos, se la daremos! Quieren el poder, pero les da miedo ostentarlo. Y nosotros, los pragmáticos, no le tememos. Después de acusarme a mí, se ha acusado de espionaje al «ministro» Chernov y él ha abandonado sumisamente el gabinete y espera la investigación judicial. Le escupen a la cara y él se limpia el salivazo y dice: «Es rocío divino». En cambio, nosotros pasamos a la clandestinidad. Y en la clandestinidad los mosquitos pican. Kolia, ¿nos bañamos otra vez?

—Pero sin alejarse mucho —atajó Emeliánov.

Lenin y Kolia se metieron otra vez en el agua, alborotaron, nadaron algo, salieron a la orilla y se vistieron.

—Tienes que ir pronto a la escuela —dijo Emeliánov—. Habrás de volver a casa, te lo manda la madre.

Kolia respondió sombrío:

—No iré a ninguna parte. ¡Me quedaré aquí!

Emeliánov le contradijo con calma:

—¿Cómo te vas a quedar aquí? Tienes que estudiar.

Lenin terció desde la oscuridad:

—Nos aburriremos sin Kolia... Déjele que se quede. Traiga los manuales y libretas, yo le daré las lecciones. ¿Estás conforme, Kolia?

—Sí —masculló Kolia, procurando ocultar su júbilo.

—¡Chis! —siseó Emeliánov, pues a la orilla se aproximaban dos barcas con veraneantes. El tañido de la guitarra y las voces se oyeron muy cerca.

—¿Se les ocurrirá salir a la orilla? —susurró Zinóviev.

Una voz masculina de una de las barcas cantó:

Niña, no cortes la rosa en primavera,
pues en verano hacerlo podrás.
En primavera se recogen violetas,
recordando que en estío no las habrá.
Querrás coger en verano violetas,
pero ya no las encontrarás.
Llorarás desconsolada al pasar la primavera,
más, con lágrimas, no volverá...

Otra voz, ebria, intercaló inoportuna desde la segunda barca:

Son ahora tus labios cual jugo de fresas,
tus mejillas, cual rosas Gloire de Dijon...

—¡Cállese, impertinente! —pronunció veleidosa una voz femenina.

—¡Cierra el pico, mentecato! —apoyó a la mujer una voz masculina.

En la primera barca entonaron con pronunciación nasal y entrecortando la voz:

Un modelo de Paquin primero,
una oleada de huecas enaguas después,
encajes como la espuma, tercero,
y luego, luego... ¡ella tal y como es!

Desde la segunda barca respondieron, ululando:

¡Señora Klotz! Llévese a Borís,
pues aquí el chaval no quiere estar,
y en el suelo ha hecho un mar...

Y, soltando una carcajada, pasaron a otro tema:

¡Alemanes faroleros,

espías marrulleros,

de Gillermo vocinglero!

—¡Eso va ya por nosotros! —susurró Lenin y se rió muy bajito. Las barcas se alejaron.

Blancas y pálidas deliran con suave fragancia las flores nocturnas...

Se oía de lejos el desafinado coro; se perdió luego, extinguiéndose. Finalmente se hizo el silencio.

—¡Si hubieran sabido que usted está aquí! —exclamó con jocosa malicia Emeliánov.

—¡Qué banales son, qué banales! —profirió Zinóviev, estremeciéndose de indignación.

—Sí —dijo Lenin, sonriendo meditabundo—. «Tus mejillas, cual rosas Gloire de Dijon»...

Tornaron del lago a la choza sin hablar. Aquella vida trivial e insignificante, que había echado su tufo agrio y obscenidad a su tranquilo refugio, les había producido mala impresión a los cuatro, incluso a Kolia... Cada uno reaccionó a su manera.

Zinóviev pensó en que la vieja Rusia estaba viva, canturreaba, vociferaba, bebía aguardiente casero y barniz de alcohol, se degeneraba, se dedicaba al trapicheo, cometía obscenidades, no le importaban un bledo los revolucionarios perseguidos y obligados a esconderse; que los proletarios conscientes eran pocos y se perdían en la ciénaga inmensa.

Emeliánov pensaba en que aquellos veraneantes habían hecho bien en pasar de largo; no obstante, cuando empezara la temporada de la caza, allí no estarían, efectivamente, muy seguros. Sverdlov llevaba razón sin duda.

Kolia no cesaba de admirar cómo nadaba Lenin y eso le hacía aborrecer más a los veraneantes por su copleja de «espías marrulleros»; le parecía que esas coplas habían herido a Lenin en lo vivo, le daba pena de él y estaba a punto de llorar en la oscuridad.

Lenin pensaba en algo completamente distinto. Pensaba en que, como quiera que fuese, se habría de hacer la revolución y construir el socialismo contando también con las gentes menudas que canturreaban y gritaban en las barcas, que no se podía moldear hombres especiales para el socialismo, que se habría de rehacer a aquellas gentes, que deberían desenvolverse con ellas, pues esto era Rusia, y no el país de la utopía. No sería nada fácil, costaría trabajo, muchísimo trabajo, más que hacer la propia revolución, pero no había otra salida; luego crecerían otros como Kolia, con ellos habría otras dificultades, pero resultaría ya, a pesar de todo, más fácil. Puso una mano en el hombro de Kolia y a este le pareció que Lenin había leído sus pensamientos, por lo que se le encogió el corazón.

13

Aquella fue la última vez que se bañaron. Las noches eran más y más frías. Nadezhda Kondrátievna les enviaba ropa de abrigo, pero, de todos modos, no se atrevían a salir de la choza por las mañanas: el viento del temprano otoño silbaba entre los árboles y arbustos, arrastraba las hojas aún sin dorar y rizaba la fina capa de agua que anegaba el prado segado. Por cierto que Lenin no sentía el frío, igual que antes el calor. Escribía el artículo de turno, titulado Las enseñanzas de la revolución y mantenía asidua correspondencia con la presidencia del Congreso del Partido que se estaba celebrando en Petrogrado.

En cierta ocasión, cuando el sol se iba poniendo, Serguéi trajo a la choza a un hombre delgado, bajo, de buen porte, espesa melena negra y negros bigotes bajo una nariz larga, no rusa. El pajar y las puntas de los árboles estaban bañados por los resplandecientes rayos purpúreos del sol poniente. La tarde era fresca y ventosa.

El de los bigotes cruzó el claro, mientras dejaba en pos de sí una larga sombra, y se detuvo en la linde, mirando perplejo en derredor. Lenin, en pie al lado del pajar, se aproximó a él y lo saludó:

—Buenas tardes.

El hombre volvió la cabeza y puso en Lenin una mirada indiferente.

—¿No me reconoce, camarada Sergó[9]? —inquirió Lenin con aire irónico, muy contento de que no se le reconociera.

Una sonrisa ensanchó de pronto el rostro de Sergó. Este se abalanzó sobre Lenin, lo abrazó, retrocedió un paso y volvió a abrazarlo articulando:

—¡Vladímir Ilich!... ¡Ah, querido veraneante!... ¡Ah, querido amigo!...

Echó una mirada en rededor. No había un alma más y soplaba el viento. Lenin parecía tan solo en aquella pradera inundada de rayos del sol poniente y Sergó lo había visto tan pocas veces a él solo sin camaradas que no supo qué decir.

Creía que lo vería en una gran casa de campo, retirada, alrededor de la cual habría montada una guardia de obreros probados, tal vez con ametralladoras. Él mismo comprendía ahora que había sido una simpleza suponer tal cosa y al mismo tiempo se sentía decepcionado de que el jefe del partido, por el que centenares de personas hubieran dado sus vidas, estuviera prácticamente indefenso.

La roja puesta del sol infundía ánimo solemne e invitaba a conversar en voz baja. Y a Sergó le era difícil debido a su expansivo carácter meridional. Al enterarse de que Lenin residía en la choza del pajar, agitó las manos indignado:

—¡No está bien! ¡Yo creía que estaba viviendo en un chalet al otro lado del lago! ¿Cómo puede trabajar aquí? ¡Pero si no tiene mesa!

Lenin le interrogó:

—¿Qué hay en el congreso?

—Ahora se lo contaré.

---

9 Nombre de guerra de G. Ordzhonikidzhe en el partido.

Entre tanto, de la choza salieron Kolia y Zinóviev. Emeliánov estaba en Razliv. Serguéi entregó a Kolia una cesta de patatas y una vieja piel de cordero y se puso a encender la hoguera.

—Quédese a pasar la noche —le dijo Lenin al recién llegado—. Se marchará por la mañana y para el comienzo de la sesión estará ya en Petrogrado. ¿De acuerdo? ¡Muy bien! Serguéi, márchate a casa. Ven temprano a recoger a este camarada.

Serguéi se encaminó hacia la barca.

Comieron pan con arenques y entraron en la choza. Kolia escuchó largo rato su conversación, pugnando contra la modorra. Pero no era interesante: Lenin y, a veces, Zinóviev interrogaban; Sergó respondía, pero mencionaba más que nada apellidos y números: «Tantos en pro y tantos en contra... Fulano en pro y mengano en contra...».

Lenin escuchaba atento y arrebatado, volviendo a preguntar a menudo, se reía, se ensombrecía, emitía su elocuente «¡hum, ¡hum», y todos aquellos nombres y guarismos le daban a Kolia un sueño invencible. Aún oyó a Sergó decir:

—Le he dicho a Chjeídze todo lo que pienso de él. Le he dicho en georgiano, para que lo entienda mejor: «¡Carcelero, eso eres tú!».

Tras esas palabras Kolia se durmió y, cuando se despertó al amanecer, vio otra vez a Lenin haciendo preguntas y a Sergó respondiendo.

—Cuénteme de los delegados, de los delegados de filas, de los de provincias. ¿Qué dicen? ¿Qué opinan? ¿No se han desconcertado? ¿No han decaído de ánimo?

—¡Ah, Vladímir Ilich, qué duda puede haber! La gente está llena de bríos y fe en la victoria. Todos han crecido, se han madurado ya siendo mayores... ¡Verdaderos dirigentes! ¡Palabra, verdaderos dirigentes! Artiom, de la organización de Járkov; Voroshílov, de Lugansk; Dzhaparidze, de Bakú;

Shumiatski, de Siberia; Bubno, de Ivánovo-Voznesenk; Tsviling, de Cheliábinsk; Miasnikov, de Minsk... ¡Y nuestro Kalinin, del barrio Víborgskaya!... Almas de proletarios y cabezas de ministros...

—¿Hay muchos jóvenes?

—El promedio de edad de los delegados es de veintinueve años.

—¿Minin ha venido por fin?

—Fue detenido de camino a Petrogrado.

—¿Y Antónov, de Sarátov, tampoco ha llegado?

—Lo han detenido también. Le hicieron bajar del barco con Minin.

—¿Cuántos obreros ha dicho usted que asisten al Congreso?

—Setenta.

—¡Más de la mitad! ¡Acaso podíamos soñar con tanto hace medio año! —Tras guardar una pausa, Lenin inquirió—: ¿Qué carta ha enviado Mártov?

Sergó masculló enojado:

—¡Mala! ¡Una carta de tono medio reservado!

Kolia se durmió de nuevo; cuando volvió a despertarse, ya no se oían las voces. Todos dormían. El sol se elevaba pálido en el cielo gris. Kolia salió de la choza, corrió al lago y se lavó. Luego emprendió su recorrido diario.

Ante todo, comprobó cómo iban las cosas en el prado donde guadañaban los Rassólov. Se acercó a él y, escondiéndose en los matorrales, se puso a observar. De la choza asomaban unos pies descalzos. Al poco rato, empezaron a frotarse uno contra el otro; sentían frío, por lo visto, pero aún sin darse cuenta; empezaron a mover los dedos y a encogerse, luego uno se metió en la choza, el segundo tras él, volvieron a asomar otra vez y de nuevo se frotaron el uno contra el otro. Poco faltó para que Kolia rompiera a reír a carcajadas: tanta gracia le hicieron aquellos pies ateridos. Finalmente desaparecieron y, pasado un momento, de la choza salió Rassólov. Estuvo un rato erguido sobre aquellos mismos pies que habían perdido ya su singularidad, bostezó y fue al bosque. Kolia se disponía ya a seguir adelante, mas vió de pronto que de la choza asomaban otro par de pies descalzos, más pequeños, y tras ellos, somnoliento, apareció Vitia, hijo de Rassólov, amigo y contrincante de Kolia. Este rió al ver la desgreñada melena y cara de sueño de Vitia. Se alegró de que tendría con quién jugar a los exploradores o a los indios allí, en el bosque, y ya se preparaba para ensordecerlo con el agudo alarido de la tribu de los comanches, pero se acordó súbitamente de sus obligaciones y se contuvo: si Vitia se enteraba de que Kolia estaba por allí cerca, podía empezar a visitarlo a menudo. Kolia pensó horrorizado en lo que pudo haber hecho sin querer. Retrocedió a la fronda del bosque con tanto miedo como si hubiera visto en realidad a un policía.

Al llegar al montón del hormiguero ya conocido, Kolia se sentó en la hierba y se puso a pensar. ¡A pesar de todo, era una pena que no corriera con Vitia y que no pudiera descubrirse a él! ¡Qué pasmado lo dejaría si le contase lo que pasaba allí, en aquel bosque pantanoso junto al lago, delante de las narices de los Rassólov! Y de pronto le dio lástima de él, recordando su aburrida cara de sueño. «Se aburre», pensó con un sentimiento de superioridad.

—¡Cómo se aburre! —dijo Kolia en voz alta, imitando a aquella alegre persona de bigotes que estaba visitando a Lenin.

Recorrió los contornos y, volviendo a la choza, se quedó inmóvil entre unos arbustos, observando. Su padre ya había regresado. Alexandr había venido con él. Estaban sentados con Lenin junto a la hoguera, que ardía intensamente, y hablaban. Al poco rato Sergó salió de la choza.

—Nos hemos dormido, ¿eh?, nos hemos dormido —le dijo Lenin—. Va a llegar tarde a la sesión matutina. Ya he mirado las resoluciones y he hecho algunas enmiendas. Enséñeselas a los camaradas.

Cara al sol, Sergó entornaba beatíficamente los ojos. Zinóviev salió de la choza, jovial, animado, llamó a Sergó para ir a lavarse al lago. Fueron allá. Kolia pensó que Zinóviev, de ordinario callado y un tanto perezoso en los últimos tiempos, se animaba en presencia de las gentes que venían de fuera. Kolia percibía en ello un poquitín de falsedad. Pensaba confusamente en que Zinóviev procuraba aparecer delante de la gente como Lenin, mostrarles que era exactamente igual que Lenin. Kolia no sabía sacar consecuencias de sus observaciones, ni se paraba mucho a pensar en el sentido que pudieran tener; simplemente notaba que de no estar ahí Sergó, Zinóviev nunca hubiera ido aquella fría mañana al lago a lavarse, no hubiera andado con paso tan largo, agitando la toalla, ni hubiera hablado tan alto.

Al volver del lago, Sergó rehusó tomar té y se fue con Alexandr a la barca. Antes de partir, estrechó fuertemente la mano de Zinóviev y sacudió prolongadamente la de Lenin, luego echó a caminar, se detuvo en la linde del bosque, deslizó una mirada por la choza, el pajar y toda la praderilla, abrió los brazos, soltó una carcajada y se perdió entre los árboles.

Zinóviev se amilanó enseguida, se sentó y empezó a descalzarse: le rozaba un pie el peal mal liado.

Kolia se acercó a la hoguera y preguntó a su padre:

—¿Has traído los libros?

Hizo la pregunta bastante alto para que Lenin lo oyera y reiterara su promesa. Mas este, por lo visto, se había sumido en sus pensamientos y miraba abstraído la lumbre. Emeliánov se había olvidado de la promesa de Lenin y se admiró de que Kolia le preguntara por los manuales escolares y de lo aplicado que se había vuelto.

—No estorbes —le susurró, señalando con la cabeza a Lenin—. Dentro de unos días irás tú mismo a Petrogrado con Alexandr o Kondrati y los comprarás. Allí la tía Marfa te coserá un traje.

14

Shotman, con quevedos de oro, sombrero negro y un bastón en la mano –lo mismo que un veraneante de paseo–, llegó por la tarde y encontró a Lenin muy preocupado por las últimas nuevas, sentado junto a la hoguera. Los reflejos de las llamas se deslizaban alarmantes por su faz. Los periódicos recibidos por la mañana, llenos de rayas de lápiz rojo y azul, estaban desparramados en torno, como después de un combate. Sin esos diarios, rabiosamente arrojados, la flameante hoguera con la tetera hirviendo y los tres hombres y el niño sentados alrededor hubiera ofrecido un aspecto muy pacífico.

Shotman, por guardar las reglas de la conspiración, recogió y reunió en un montoncillo los periódicos. Luego se sentó a la lumbre y empezó a relatar. Equilibrado y comedido de ordinario, estaba alterado aquel día: en los periódicos se había publicado la noticia de que se estaba celebrando el congreso de los bolcheviques y se citaba la declaración de Sverdlov de que Lenin, imposibilitado para asistir a las sesiones, no obstante, estaba cerca y lo dirigía estando ausente. Con ese motivo, la fiscalía y el servicio de contraespionaje se pusieron en movimiento, por Petrogrado se corrían rumores de que iban a interpelar al Congreso el paradero de Lenin y, en caso de que no se diera respuesta satisfactoria, se incoaría un proceso penal contra los participantes por encubrimiento. En los periódicos vespertinos –Shotman los había traído– se había publicado un articulillo sensacionalista, titulado: «Nuevas pruebas contra Lenin». Cierto Semión Kushnir, «detenido casualmente en Kíev», había resultado ser «uno de los menudos espías alemanes que actuaban en Rusia». «Tuvo una entrevista con Hindenburg respecto a su labor de espía. Sus asuntos de espionaje los dirigía el austríaco Friederis. Este le dijo de Lenin que tenía siempre la caja abierta en Alemania y podía recibir tanto dinero como quisiera».

Shotman contó excitado estas nuevas a Lenin y a Zinóviev. Lenin dio una rápida lectura a un periódico vespertino y profirió, con ademán despectivo:

—¡Escriben para idiotas consumados! «Uno de los menudos espías alemanes» ha tenido una entrevista con el comandante en jefe del ejército alemán von Hindenburg... ¡Muy convincente! Todo eso son memeces. He aquí lo que importa, el quid del momento político: la burguesía ha decidido movilizarse contra el proletariado revolucionario. Se ha acordado celebrar una «Consulta de Estado». Y, naturalmente, en Moscú, en la antigua capital... Al repicar de las campanas de sus más de mil iglesias... Se congregarán en ella los magnates de la industria, de la bolsa y de la banca, los mayores terratenientes, los generales zaristas y los santos varones de la Iglesia ortodoxa, y nuestros eseristas y mencheviques ¡les seguirán en fila! La contrarrevolución se prepara para una lucha decidida. Tienen algo en su arsenal. Riabushinski proclama en el congreso de la industria y el comercio que, para salir de esta situación, «se necesita la huesuda mano del hambre, que agarre por el cuello a los falsos amigos del pueblo: los sóviets y los comités democráticos». Ese es su primer aliado: el hambre. El segundo, la dictadura bonapartista. Y en caso extremo –¡debemos tenerlo siempre en cuenta!– abrirán las puertas del Petrogrado revolucionario a los alemanes. No creo que la burguesía rusa olvide Thiers. Tan pronto como el bolsillo corre peligro, se viene abajo todo el patriotismo de la burguesía... Así están las cosas, Alexandr Vasílievich.

—Sí, sí, la cosa es seria –otorgó Shotman, frunciendo el ceño.

—Tenga la bondad de hacer partícipe al Comité Central de que ahora mucho depende de los camaradas de Moscú. Hay que poner en pie a todo el proletariado de la ciudad contra la «Consulta de Estado»... Llegar incluso hasta la huelga general.

—Lo comunicaré sin falta.

Mientras tanto, la tetera hirvió, Emeliánov, llenó de agua hirviente los jarrillos de estaño y dio un pequeño caramelo a cada uno. Lenin, fija la mirada en el fuego, alargó la mano para tomar el jarrillo, pero lo retiró al punto.

—¡A pesar de todo, qué mezquina es la prensa burguesa que alcanza la «libertad de palabra»! —dijo—. Los periódicos están llenos de noticias sensacionalistas de turno: el Gobierno Provisional traslada al zar destronado de Tsárskoe Seló a Tobolsk. «Todas las diligencias concernientes al traslado del ex zar las ha asumido el ministro presidente del gabinete Kérenski...». «Acompañan al zar cuatro cocineros, quince lacayos... Con el ex heredero de la corona Alexéi va el condestable de la armada Derevianko, su mentor, el marinero Nagorni y el preceptor francés Giliard. El tren del zar está formado por tres coches-cama de la sociedad internacional, un vagón restaurante y un vagón de reserva». ¡Con qué regodeo escribe del zar, aunque sea ex, el Riech de los demócratas-constitucionalistas, hasta caérseles la baba de gusto! «Montó en el auto el primero», «La emperatriz salió acompañada de la dama de honor Naríshkina», «Nikolái Románov callaba taciturno y abatido... La familia real, por el contrario, estaba animada y se interesaba mucho por el traslado...». Todo orientado a despertar la compasión y las lágrimas de los tenderos y porteros... Hasta el propio profesor

Miliukov, probablemente, se habrá enjugado a hurtadillas una lágrima, articulando algún banal latinajo como sic transit gloria mundi[10] Los periódicos están abarrotados de estas necedades. Y de los acontecimientos verdaderamente importantes escriben con la glosilla más menuda: en el distrito de Sviyazhsk, región de Kazán, los campesinos se han apoderado del molino de la terrateniente Obújova; en Vasilikovo, del molino del conde de Branitski; el comité de Perechitsy ha dispuesto que se distribuyan entre los campesinos las tierras pratenses, propiedad del monasterio de Alexandr Nievski. En la hacienda del terrateniente Prozarkiévich, del distrito de Roslavl, los campesinos han labrado sin permiso los campos, talado parte del bosque y se han adueñado de los henares. En la provincia de Kursk los campesinos han segado y se han llevado treinta mil puds[11] de heno del terrateniente fulano de tal; al terrateniente mengano de tal le han ocupado los barbechos y los prados...; y así sucesivamente. ¡Está ocurriendo una revolución agraria por todo el país y se da parte de ella en glosilla! Tras breve titubeo, los obreros confirman su lealtad a las consignas bolcheviques; las asambleas de los obreros de las fábricas de cables, de Putílov, de pólvora, de la Franco-Rusa, de la Casa de la Moneda, de los astilleros Putílov, de la Nueva Lessner, la reunión de las sirvientas domésticas, celebrada en el circo Modern y así hasta el infinito, aprueban resoluciones bolcheviques o casi bolcheviques, los marineros de la flota del Báltico exigen la libertad para los presos bolcheviques, ¡y la prensa burguesa no dice de eso ni pizca! En cambio, imprimen con letras de cartel las sentencias del señor Miliukov: «La rebelión bolchevique ha desviado a Rusia del cauce del movimiento espontáneo del progreso racional. El bolchevismo ya no representa un peligro». ¿No representa un peligro? Bueno, ya lo veremos —dijo Lenin, echándose a

---

10 Así pasa la vida mundana.

11 *Pud* es una medida de peso ruso, que equivale a 16,38 kilos. En este caso, 30.000 *puds* suponen 491,4 toneladas (nota de la editora).

reír de pronto—. Grigori, ¿no recuerda en qué periódico se habla de eso?... —empezó a revolver un montón de periódicos sacó uno y leyó, riendo—: «Compañero párroco, ponemos en su conocimiento que si usted y los sacerdotes sometidos a la autoridad no acceden a hacer un nuevo reparto de los ingresos eclesiásticos, a todos ustedes se les irá dando muerte uno a uno. La organización combativa de los sacristanes urbanos y rurales». ¡La revolución ha llegado hasta el clero, aunque, verdad es, en forma bastante peculiar!

Lenin tomó el jarrillo y empezó a beber sorbitos de agua caliente. Shotman dijo, rebuscando entre los papeles que había traído:

—Tome, he aquí el cuaderno que le envía Nadezhda Konstantínovna...

Lenin quedó aturdido un instante por la sorpresa, luego puso calmoso el jarrillo en el suelo y tomó el cuaderno. ¡Sí, era el mismo cuaderno azul que había pedido! Lo tuvo en las manos, lo hojeó rápido, lo cerró y lo dejó a su lado, mas por poco rato. Pasado un minuto volvió a levantarlo. Tan pronto leía en él, como lo cerraba, lo acariciaba pensativo y tornaba a leer en él. Le vino a la memoria un confuso recuerdo de que en cierta ocasión había acariciado, abierto y cerrado, lo mismo que ahora otro cuaderno y experimentado la misma sensación fuerte de felicidad, oculta a los demás. Sí, había sucedido hacía más de veinte años. Solo que entonces el cuaderno no había sido azul, sino amarillo: una edición en hectógrafo del folleto ¿Quiénes son los «amigos del pueblo» y cómo luchan contra la socialdemocracia?, su primera obra voluminosa «impresa».

Hasta perdió el interés ordinario por los periódicos, no quiso leer los vespertinos, que había traído Shotman, tomaba el cuaderno sin cesar, lo hojeaba, emitía sonidos de satisfacción, a veces miraba con picardía a Zinóviev y a Shotman, que hablaban de la situación en Petrogrado.

Shotman dijo, riendo:

—Ayer Lashévich declaró en el Comité de Petrogrado: «Ya lo veréis, en septiembre Lenin será Primer Ministro»...

Lenin repuso tranquilamente, hojeando el cuaderno azul y sorbiendo agua caliente:

—No tendría nada de extraño.

Shotman sonrió un tanto desconcertado. Lenin lo miró atento y, dejando el jarrillo en la hierba, expresó:

—¿Acaso no ve que vamos a toda vela hacia la segunda revolución, que originará un nuevo Estado de la clase obrera y de los semiproletarios del campo?

Y, sin aguardar respuesta, se sumió en su cuaderno.

Emeliánov añadió en silencio támaras a la lumbre para que Lenin tuviera más luz.

15

Leyendo los apuntes que había sacado de las obras de Marx y Engels, Lenin experimentaba una emoción comparable únicamente tal vez con la que experimentara el 3 de abril en la Estación de Finlandia al ver en la plaza al proletariado petrogradense con armas y banderas rojas. Casi llegó a olvidarse de dónde se encontraba, se olvidó del Razliv de Sestroretsk, de los camaradas que estaban sentados a su lado, de su clandestinidad; le parecía que se erguía de nuevo encima de un carro blindado y que tenía delante millones de ojos ya no exaltados, sino severos, fijos en él, ya no con entusiasmo y esperanza, sino antes bien inquisitivos: «¿Qué nos dirás? ¿Qué puedes hacer por nosotros? ¿Nos sacarás de la pobreza y de la ceguera? ¿Adónde hemos de ir? Dínoslo si lo sabes».

Cuando en la biblioteca de la Sociedad de los Museos y en la sala de lectura de la calle de Seilergraben, n.o 31, de Zúrich, Lenin anotó de las obras de Marx y Engels los pasajes dedicados al Estado y a la dictadura del proletariado, se dio perfecta cuenta de la importancia que revestían; se proponía escribir de ellas, comentarlas, limpiarlas de la broza acumulada por los socialistas pequeñoburgueses y publicar un artículo sobre ese tema en el nº 4 de *Cuadernos Socialdemócratas*, concebido por él en 1916 y no llevado a cabo por falta de dinero. Mas entonces se trataba, especialmente, de meditaciones en la quietud de la biblioteca de una apacible ciudadita suiza, orientadas directa y únicamente a varios centenares de personas que él conocía en su mayor parte personalmente o por sus nombres y apodos de Partido; orientadas, ante todo y pese a todo, a los grupos de socialdemócratas rusos en la clandestinidad, a los grupos de deportados a los territorios del Turuján y Narim, a los grupos de emigrados en París, Berna, Ginebra, Nueva York, Londres y Viena. Propiamente, aquel artículo estaba concebido como respuesta a los juicios erróneos de Bujarin y de algún que otro marxista ruso, como refutación de las falsificaciones e ilusiones mesocráticas de Kautsky y algunos engreídos de los socialdemócratas alemanes. Ahora todos aquellos propósitos le parecían insignificantes, hasta ridículos. Sin embargo, los apuntes del cuaderno azul y deducciones hechas de ellos tenían la misma importancia que el pan, la sal, las cerillas y el percal para las masas de millones.

Precisamente la distinta escala del mismo proyecto lo aturdió. Fue esta una sensación como la que hubiera podido experimentar el hombre que construyó la primera rueda si le hubieran mostrado en vida las consecuencias que su primitivo y tosco proyecto tendría, lo que llegaría a ser en su desarrollo, la envergadura que adquiriría.

Por supuesto, Lenin desechó esas enfáticas comparaciones, puso cara de preocupación y diligencia, y miró de soslayo a sus camaradas para ver si habían advertido su «vuelo a las nubes», que tan poco cuadraba con un revolucionario práctico. Pero ellos seguían sentados como antes junto a la lumbre, como si no hubiera ocurrido nada de particular. Por si acaso, les dirigió las palabras marcadamente ordinarias:

—Es un cuaderno muy útil, utilísimo.

No le agradaba el patetismo, lo temía y siempre procuraba evitarlo. Pero, así y todo estaba lleno de entusiasmo. Pensaba en

Marx y Engels como se piensa en conocidos íntimos, quizá en familiares, le parecía que ambos ancianos estaban sentados a su lado y conversaban con él, sabios y benevolentes, llenándole el corazón de calor e impetuosa alegría juvenil con sus palabras de profundidad infinita e intrepidez de Prometeo.

¡Sois unos portentos! –les decía–. ¡Cómo les vamos a dar en las narices entre los tres a los esclavistas y filisteos del mundo entero! ¡Qué cisco vamos a armar en nuestro maldito planeta! Les vamos a enseñar qué es eso de «mejillas cual rosas Gloire de Dijón».

No se figuraba a los dos ancianos con el habitual parecido de retrato, sino como a dos barbudos gigantes omniscios y sagaces, salidos de dibujos de Doré, que se reían a mandíbula batiente de los pigmeos mesocráticos, también barbudos, pero muy pequeños, encaramados a altos pedestales y asidos de las manos para tapar a los primeros, descomunales, de la vista de las muchedumbres humanas.

Apenas amaneció comenzó a trazar el plan del nuevo folleto (lo quería titular del modo más sencillo para evitar la grandilocuencia y el patetismo). Experimentaba una sensación confusa, pero conocida, casi física: como si, con dos dedos de la mano derecha, el índice y pulgar, arrancara uno a uno del corro a los mesocráticos pigmeos y los lanzara a los arbustos sin mirar.

16

Los días siguientes Lenin estuvo ocupado todo el tiempo en escribir su «folleto». Apenas advertía cuanto le circundaba, empezó a comer aún menos que antes, con lo que hacía desesperarse a Emeliánov en esta orilla y a Nadezhda Kondrátievna en la otra; y no se mostraba impaciente por las mañanas en espera de los periódicos.

Trazado el plan del folleto, Lenin refirió a Zinóviev el contenido de su nueva obra. Estaban los dos solos junto a la choza, Emeliánov había partido por algo a la otra orilla y Kolia, probablemente, estaba en el bosque recogiendo setas para la cena.

—Será una cosa útil —decía Lenin, andando de un lado a otro, como tenía por costumbre—. Un programa claro de acción para el periodo inmediato siguiente a la toma del poder, y no solo para el inmediato. En él se tratará del carácter, incluso del estilo, si se quiere, de la vida del Estado proletario, del Estado del tipo de la Comuna de París, y no en plan utópico, ni mucho menos, pues tenemos suficientemente claras las dificultades y apuros de la construcción de la sociedad socialista con el material humano de que disponemos... Será un Estado de la dictadura del proletariado que, propiamente dicho, presenta dos aspectos: democracia para la mayoría del pueblo y aplastamiento implacable de los opresores del pueblo, y, junto con ellos, de los «adictos» tan inconscientes, pero tenaces, del capitalismo, como los parásitos, los señoritingos, los truhanes, los golfos, los retrógrados beligerantes... Será un Estado sin precedentes, un Estado tendiente a su propia extinción. Se extinguirá cuando las gentes se habitúen tanto a guardar las reglas fundamentales de convivencia y cuando su trabajo sea tan productivo que lo ejecuten voluntariamente, según sus capacidades. Será un Estado en el que no habrá funcionarios altamente retribuidos, en el que todos los funcionarios serán electivos y revocables en cualquier momento, en el que las funciones de contabilidad y control las ejercerá la mayoría de la población; y como los obreros armados no son intelectualillos sentimentales y seguramente no permitirían que les gasten bromas de mal gusto, los casos de infracción de la contabilidad y del control de todo el pueblo serán rarísimas excepciones, en tanto que la observancia de las reglas de convivencia humana será un hábito... En este folleto se combatirán ambas formas, igualmente peligrosas de ceguera política: la presbicia anarquista, o sea, la incapacidad para ver la realidad o el no querer verla, y la medrosa miopía oportunista, o sea, la incapacidad para ver y el no querer ver el objetivo, la perspectiva, el porvenir. Sí, Engels tenía razón. El Estado es un mal que el proletariado recibe en herencia al obtener la victoria. El proletariado triunfante eliminará los peores rasgos de este mal, pero estará forzado a conservarlo hasta que las nuevas generaciones que crezcan en condiciones sociales de libertad estén en disposición de arrojar por la borda el armatoste del Estado... Además, en mi folleto se demostrará que el viejo esquema no es obligatorio: que empezarán los franceses y afianzarán los alemanes. ¡Empezará Rusia! Esto no es mesianismo, sino una necesidad histórica. Titularé el folleto «El Estado y la revolución».

Zinóviev escuchaba, sintiendo tan pronto escalofríos como bochorno. Estaba en cuclillas, baja la cabeza, desenredando con las manos las briznas enredadas de hierba húmeda. No comprendía cómo Lenin había podido perder el sentido de la realidad hasta el punto de hablar, en serio, completamente en serio, de la toma del poder próximamente, y aun del tipo de Estado que se formaría en Rusia tras ello. Eso se iba haciendo ya peligroso para la propia existencia del partido, para el destino de la revolución. Mas aun suponiendo que Lenin tuviera razón, que se pudiera tomar el poder y que el régimen de Kerenski no pudiera ofrecer resistencia, el triunfo sería todavía más fatal para el partido que la derrota. ¿Qué harían ellos con el poder? Era tan comprensible y tan habitual hacer la oposición al poder existente, pero ¿ser ellos mismos el poder? ¿No dar mítines, sino disponer? ¿No criticar, sino mandar? ¿Quién obedecería las órdenes? El Ejército, descompuesto, entregaría Rusia a los alemanes o a la Entente. Los campesinos no entregarían el trigo, las fábricas no obtendrían materia prima. ¿Con qué se alimentaría a los hambrientos? Los obreros no sabían mucho de economía, mercado, divisas monetarias, etc. Pero Lenin entendía de eso magníficamente. ¿Cómo podía afrontar ese grandísimo riesgo, cómo podía hablar en serio de la toma del poder como de una perspectiva inminentísima?

Zinóviev sentía que había llegado ya la hora de hablar con Lenin abiertamente, contenerlo para que no diera pasos irreflexivos, de gravísimas consecuencias. Y debía hablar con la mayor serenidad y tranquilidad posibles para no delatar sin querer su propia turbación.

Se puso en pie y dijo, sonriendo:

—¿Está realmente de acuerdo con Lashévich en que usted será pronto primer ministro?...

—¿Primer ministro? —inquirió Lenin asombrado y, al recordarlo, soltó la carcajada—: Ah, ¡pues claro! Estoy seguro de ello.

—¡Oh, oh, oh! Temo que usted se ha embebecido tanto en su trabajo sobre el futuro Estado proletario que no ve lo que ocurre en el Estado ruso existente.

—¿Cree usted? —objetó Lenin y los ojos se le oscurecieron.

—No quería hablar de esto.

—¿Por qué? Hable... Ya notaba yo que los últimos días estaba usted muy callado.

—Usted estaba demasiado abstraído con su folleto. En general, ha dejado de hablarme. Se anima solo cuando viene alguien de Petrogrado. ¿Puede ser que yo le haya hastiado en esta isla inhabitable? Probablemente Viernes también hastiara de vez en vez a Robinson...

—¡Válgame! ¡Usted se disponía a decirme algo serio!

—Creo que usted, y el Comité Central tras usted, cometen varios errores tácticos. ¡Están haciendo juegos de manos con las consignas!

—Yo no hago juegos de manos con las consignas, sino digo a las masas la verdad en cada viraje de la revolución, por muy pronunciado que este sea. Y usted, por lo que creo entender, teme decir la verdad a las masas. Quiere hacer política proletaria con recursos burgueses. Los dirigentes que conocen la verdad «en su medio», entre ellos, y no la participan a las masas porque estas son presuntamente ignorantes y torpes, no son dirigentes proletarios. Uno debe decir la verdad. Si sufre una derrota, no debe intentar presentarla como una victoria; si va a un compromiso, decir que se trata de un compromiso; si ha vencido fácilmente al enemigo, no aseverar que le ha costado mucho trabajo; y si le ha sido difícil, no vanagloriarse de que le ha sido fácil; si se ha equivocado, reconocer el error sin temer por su prestigio, pues únicamente el callar los errores puede menoscabar el prestigio de uno; si las circunstancias obligan a uno a que cambie de rumbo, no debe procurar presentar la cosa como si el rumbo siguiera siendo el mismo; uno debe ser veraz con la clase obrera si cree en su instinto de clase y en su sensatez revolucionaria. Y no creer en eso es ignominioso y fatal para un marxista. Es más, incluso engañar a los enemigos es algo complicadísimo, un arma de dos filos, admisible solo en los casos más concretos de táctica inmediata de combate, pues nuestros enemigos no están, ni mucho menos, aislados de nuestros amigos por una muralla de hierro, aún tienen influencia en los trabajadores y, duchos en engañar a las masas, procurarán –¡y con éxito!– presentar nuestra astuta maniobra como un engaño de las masas. No ser sinceros con las masas por «engañar a los enemigos» es una política necia e insensata. El proletariado necesita la verdad y nada es tan pernicioso para su causa como la mentira conveniente, decorosa, de mezquino espíritu.

Zinóviev se rió irritado.

—Hay verdades y verdades —dijo—. No se puede llegar hasta la ingenuidad. Recuerdo que en abril, nada más llegar usted, en el discurso que pronunció en el Palacio Táuride dijo que aún no tenía una noción completa de los acontecimientos, pues había tenido tiempo de hablar solo con un obrero. Esa declaración provocó una risa homérica entre los mencheviques y despertó bastante confusión entre nuestros camaradas...

—Perfectamente. Lo dije adrede. Lo dije porque era verdad. En cambio, cuando la vez siguiente dije que había tenido entrevistas con numerosos obreros de las fábricas de Putílov, de tubos y otras, y que conocía bien su disposición de ánimo, todos me creyeron... No quiera Dios que nuestro Partido llegue a vivir días en que su política se haga en secreto, a escondidas, por un grupito de la cumbre que se crean los únicos inteligentes, los sabedores de toda la verdad, y digan a las masas solo la mitad, una cuarta o una octava parte de esa verdad...

—Todo eso está muy bien; pero usted ahora, en condiciones de derrota y confusión, no se cansa de exhortar a la sublevación armada y a la toma del poder por el proletariado, a despecho de la correlación de fuerzas existente en el país... ¡Eso es estar en las nubes!

—¡Ah, de eso se trata! ¡Usted teme adoptar resoluciones de responsabilidad!

—Temo las de irresponsabilidad.

—Teme lo que ha sido el objeto de la aspiración de usted y mía toda la vida, esencia de nuestros escritos y de nuestros sueños: la revolución proletaria.

—Temo un chispazo armado en condiciones desventajosas, una revolución condenada a la derrota. Podemos perderlo todo.

—Todo no se puede perder. Perderlo todo pueden individuos aislados: Uliánov, Zinóviev, Krúpskaya, Lílina. El proletariado no puede perderlo todo. En una obra que usted conoce se dice que él no tiene nada que perder, sino sus cadenas. Y condiciones completamente ideales, sin riesgo alguno, no existen para la revolución... Sus palabras me han traído a la memoria una observación del viejo Tácito, simple de forma, pero muy fina de fondo, sobre un conspirador romano, creo que Pisón: «Lo contenía el deseo de impunidad, eterno obstáculo para acometer empresas importantes». Grigori, me da la impresión de que usted se parece a ese –¡hum, hum!– tímido romano. No es posible llevar a cabo empresas importantes con garantía de impunidad.

—Si no me equivoco, usted me acusa de cobardía. Creo que me conoce lo suficiente...

—Aquí no se trata de cobardía personal...

—¡Fíjese en lo que pasa en el Ejército! Los soldados ignorantes votan en los mítines contra los «provocadores leninistas»...

—¡Eso mismo! Votan contra los «provocadores leninistas» y exigen simultáneamente la paz y la tierra, o sea, lo mismo que reclaman los «provocadores leninistas». Todo es muy sencillo.

Expresamos los intereses cardinales de las masas y contra eso nada pueden hacer Miliukov y Kérenski.

—Los intereses cardinales de las masas los han expresado muchos partidos que, sin embargo, terminaron en un fracaso. Lo que usted dice es filosofía y no política.

Los ojos de Lenin flamearon, pero él se contuvo y dijo con calma, hasta en tono de broma al principio:

—Ya dijo Platón que si en los Estados no mandan filósofos o si los estadistas no aprenden a ser filósofos y la potestad estatal no se une, formando un todo, con la filosofía, no se podrá poner coto al mal ni para el Estado ni para el género humano. Cuando tomemos el poder en nuestras manos, y eso será pronto... No se encoja de hombros, Grigori. Cuando tomemos el poder en nuestras manos se basará en la filosofía marxista y si nos mantenemos fieles a ella no de palabra, sino de hecho, incorporando a las masas su capacidad creadora y su inteligencia a la obra de construir una nueva sociedad, la construiremos sin errores graves.

—Pero temo que usted se aleja precisamente de las masas, que se adelanta demasiado, que se impacienta, que hay que sujetarlo de los faldones... Ahora debemos maniobrar y esperar.

Lenin, que andaba todo el tiempo de un lado a otro, se detuvo al oír las palabras de Zinóviev y se volvió de sopetón hacia él:

—¿Esperar? ¿Y quién más sabe esperar como nosotros, los marxistas rusos? ¿Acaso hemos esperado poco? Después de haber estudiado y asimilado el socialismo científico a fuerza de sufrimientos, creído en la clase obrera y en su victoria, ¿acaso no hemos aprendido a esperar como jamás ha sabido nadie? ¿Acaso no hemos refrenado en nuestro seno arrebatos de odio y desesperación, el impulso instintivo –plenamente humano frente a la injusticia y la infamia de los enemigos– a recurrir al terrorismo de la acción inmediata, y los hemos refrenado porque sabíamos cuánto importaba, trabajando, reuniendo fuerzas, convenciendo y teniendo fe, saber esperar? ¿Acaso yo no reconocí en Las tesis de abril, acogidas en un principio por muchos miembros de nuestro Partido como un acto extremo de rebelión, anarquismo y blanquismo, que la tarea principal era «esclarecer», o sea, que, orientando las actividades, no exhorté una vez más a esperar? Como usted recordará, Kámenev hasta me criticó entonces desde la «izquierda», afirmando que «esclarecer» no era política; en opinión de él, ¡hacer política significa urdir combinaciones políticas e intrigas con otros partidos, concertar y romper bloques, arengar desde la tribuna parlamentaria! Y para terminar, ¿acaso durante los sucesos de julio y después de ellos yo no he insistido –aunque posiblemente menospreciando la disposición revolucionaria de las masas– en que se cesara inmediatamente la acción y se transformara en una manifestación pacífica? ¿No es eso saber esperar? Pero hay momentos en que esperar es un crimen. Un momento así puede llegar pronto, llegará pronto sin duda, y si entonces eludimos también la acción inmediata, resultaremos ser unos vulgares socialistas pequeñoburgueses, unos charlatanes, amigos de las frases rimbombantes, y la clase obrera nos volverá la espalda. Si vamos a esperar también entonces, si ni siquiera entonces maldecimos la paciencia, como hizo Fausto en su tiempo, seremos unos cobardes que no valdremos para nada, y la historia jamás nos lo perdonará.

Zinóviev se calló, impresionado por el trágico dramatismo tan inhabitual en los labios de Lenin. Luego exclamó exasperado:

—¿Pero usted comprende lo que significa tomar el poder ahora, en el momento actual, en la Rusia de hoy?

—¿Que si lo comprendo? —reiteró Lenin la pregunta, calmándose inesperadamente y fijando una prolongada mirada en el rostro de Zinóviev—. Lo comprendo muy bien. He pensado en eso de día y de noche hasta hinchárseme la cabeza. Usted dice «la Rusia de hoy». Para crear la Rusia futura se debe hacer la revolución en la de hoy, no hay otro camino. Sí, es mucha la ignorancia, la indigencia y la barbarie en el país. Pues bien, tomando el poder podremos desterrar esos sombríos rasgos de la realidad rusa con rapidez duplicada, decuplicada o centuplicada. Sí, nuestros obreros están a menudo poco educados y poco instruidos en comparación con los de Occidente... Eso aumenta nuestras dificultades. Sin embargo, eso no deja de tener también sus aspectos positivos: los obreros rusos no están emponzoñados por la propaganda burguesa diaria, corrompedora del alma, magníficamente organizada en Occidente, propaganda del espíritu de propiedad, del ansia de medro y de prosperidad mesocrática. En los corazones de nuestros obreros arde un gran odio a los explotadores. Y un odio así es verdaderamente «el principio de toda sabiduría», la base de toda acción revolucionaria... —y agregó secamente—: Por lo demás, tenemos un partido, tenemos un comité central, y ellos adoptarán una resolución en el momento oportuno.

—¡Todo eso son palabras! —articuló abatido Zinóviev—. ¡Palabras! Usted sabe perfectamente que su opinión tiene una influencia decisiva en el Comité Central.

—Pues me enorgullezco de saber persuadir a los camaradas. El dirigente es quien sabe convencer en condiciones de libertad absoluta de opinión. Pero, una vez aprobada una resolución ya no puede haber libertad de opinión. Recuerde usted que cierto caudillo romano, hace muchos siglos, mandó ejecutar a su propio hijo por no haber cumplido una orden durante cierta batalla. Los romanos de antes del Imperio sabían qué era la disciplina. Por eso aquella agrupación latina se convirtió en Roma.

Zinóviev aún objetó algo, citó a Marx, a Engels y a Proudhon, mas Lenin guardó silencio, como si hubiera perdido el interés por la conversación.

Entre tanto había caído la tarde, gris y desabrida. Llovía a ratos; del lago venía un frío inclemente. El silencio se hacía agobiante. El gotear de la lluvia le parecía a Zinóviev el tic-tac de un ingente reloj nebuloso que midiera la duración de la molesta pausa. Zinóviev miraba al suelo, en espera. Lenin anduvo por la pradera, retornó, se detuvo delante de la choza y luego se alejó otra vez hacia el bosque. A Zinóviev le pareció que se había marchado para no volver jamás. Alzó la cabeza. Lenin estaba en el lindero, en la pose que le era peculiar: algo abiertas las piernas, como si hubiera echado raíces en tierra, la cabeza un poco inclinada a un lado y los pulgares metidos en las sisas del chaleco. Diríase que escuchaba algo, el susurrar de las hojas o el mesurado golpeteo de las gotas. Luego tornó a la choza. Parecía que venía dispuesto a volcar sobre la cabeza de Zinóviev toneladas de nuevos argumentos. Mas no articuló palabra, se apartó de nuevo a la linde y así empezó a ir y venir de la choza al bosque y del bosque a la choza, primero despacio y luego más deprisa. Zinóviev estuvo un rato en pie y luego se metió en la choza.

17

En aquel instante Kolia salió del bosque con un cubo lleno de setas. Zinóviev oyó de lejos cómo Lenin hablaba afectuoso con el muchacho. Por lo visto revisaban los hongos; Lenin expresaba en alto su admiración por la buena acogida y decía:

—¡Qué bonitos son! Después de esta lluvia, mañana habrá aún más.

Kolia declaró con cierta tristeza:

—Mañana me voy a la ciudad.

—¡No digas! Te envidio.

—Compraré los manuales y libretas.

—¿Cuándo volverás?

—Dentro de tres días. La tía Marfa me va a coser un traje.

—Estupendo. Te envidio el doble. ¡Mira qué Boletus Rufus! Pues es un Boletus Rufus, ¿eh? No pesa menos de media libra...

La lluvia arreció, Lenin y Kolia corrieron a la choza. Entraron, se acostaron el uno al lado del otro, se pusieron a hablar otra vez de los hongos y a Zinóviev le pareció que Lenin trataba ese tema para hacerle rabiar a él. Pero pronto se hizo el silencio. Kolia se quedó dormido. Lenin yacía inmóvil, tal vez adormecido también.

Lenin no dormía. Tenía una desazón y un peso en el alma. La conversación con Zinóviev lo había pasmado. Lo tenía considerado como a un camarada del Partido que compartía plenamente sus puntos de vista respecto a todas las cuestiones más importantes de la política. Zinóviev era instruido, muy perseverante, poseía una magnífica memoria y conocía profundamente la literatura marxista. Podía recordar una cita adecuada para cada caso de la vida. Cualidad utilísima en la labor literaria; más en la lucha política, en la que se requieren decisiones rápidas, adoptadas por uno mismo, nada es tan contradictorio y pérfido como un citador que no sabe tener en cuenta los cambios operados en los tiempos, como la aparición de una u otra «cita» a la luz. Es muy fácil sacar en plena ofensiva una cita convincente sobre la importancia de un repliegue organizado; y cuando el movimiento declina, salir uno mal parado afirmando jactanciosamente con una traca de magníficas citas del tiempo de ofensiva que al enemigo se le vence sin esfuerzo. ¡Oh, esas citas! ¡Cuánto perjuicio son capaces de inferir erigidas en arma por una mente dogmática!

Al recordar todo el diálogo, Lenin se enojaba más y más consigo mismo por no haber advertido a tiempo las vacilaciones y dudas de un camarada, por no haber intentado influir en él, por haber estado demasiado seguro de él; y con Zinóviev, porque este había callado, no había sido sincero y resultaba que estaba mal informado sobre la esencia de los sucesos que vivían.

¡Cuántas bajas habían sufrido en aquellos veinte años! Los colaboradores de la vieja Iskra[12] –el brillante Plejánov, el talentoso Mártov, el activo Axelrod, la simpática y buena Vera Zasúlich– eran ahora enemigos inconciliables e implacables. Y aunque podía uno contentarse con que se hubieran hecho enemigos por reflejar aquellos la ideología inconsecuente de la pequeña burguesía, eso no era nada consolador. Se rompían

---

12 Se refiere al periódico anterior al 1 de noviembre de 1903, cuando el primer periódico político ilegal ruso *Iskra* fue el órgano combativo de los bolcheviques (los mencheviques se apoderaron de él a partir del n.º 52).

amistades y relaciones, se había de alejar a gente como trozos de carne cortados del cuerpo de uno. ¡Y qué alegría le daba, pese a los sabios razonamientos sobre la inconsecuente ideología pequeñoburguesa de ellos, qué gozo experimentaba en el alma cuando se perfilaba un acercamiento con ellos, con Plejánov y con Mártov! La revolución actual, por lo visto, los separaba para siempre.

Lenin prestó oído a la respiración de Zinóviev y pensó con súbita y desmesurada pena: «¿Será posible que ocurra otro tanto con él también? ¿Cómo pone en la Biblia: "Antes de que cante el gallo, me negarás tres veces..."».

Lenin sintió un doloroso pinchazo en el corazón y salió de la choza sin hacer ruido para refrescarse la cabeza con la lluvia. Poco después la lluvia se convirtió en un aguacero tormentoso. Quebrados relámpagos se clavaban sin cesar con saña en el abovedado cielo y diríase que, al morderlo y beber su ígnea sangre, se encendían y desplomaban, apagándose instantáneamente, ya cansados, y se perdían en atronador vuelo invisible para volver a hincarse en su cuerpo en otro sitio. Los árboles y arbustos tan pronto se iluminaban con brillo, temblorosos, como se extinguían en las tinieblas más espesas. El torrencial chaparrón de extrema violencia, pesado como el plomo, golpeaba y golpeaba en tierra, rebotando en millones de minúsculas salpicaduras parecidas, a la luz de los relámpagos, a un lento humo arrastrado por el viento.

Lenin estaba en pie, apretado contra el pajar. Las frías salpicaduras le alcanzaban, pero él apenas lo notaba. No dejaba de pensar en las bajas sufridas por el Partido. Ahora recordaba a los camaradas caídos. Recordó a Nikolái Fedoséiev, joven genial a quien él había considerado maestro suyo en su juventud y esperanza de la revolución rusa. Deportado en Verjolensk, Fedoséiev se pegó un tiro en un momento de desesperación a los veintisiete años de edad. Lenin se acordó de Iván Bábushkin, inteligentísimo obrero ajustador petrogradense, abnegado revolucionario asesinado por una expedición de castigo en 1905; de Yósef Dubrovinski, hombre de extraordinaria bondad y sagacidad que se suicidó en la región de Turujansk, donde estuvo deportado la última vez; del agradabilísimo Nikolái Bauman, auténtico jefe revolucionario, asesinado por elementos de las centurias negras; de Virguili Shántser, muerto en la sala de recepción de un hospital de la policía para enfermos mentales; y del talentoso Surén Spandarián, que terminó su honesta y sufrida vida en la enfermería de la cárcel de Krasnoyarsk; de Vilónov, obrero de Ekaterinoslavl, que murió tuberculoso en la emigración; de Yakútov, obrero bolchevique fusilado en el penal de Ufá, y de otros muchos.

Al recordar a aquellos hombres, Lenin lamentó que no vivieran ahora, cuando había llegado el momento decisivo, e incluso le pareció por un instante, en un rapto de añoranza, que habrían sido más fuertes e inteligentes que quienes habían quedado con vida. En su celosa y apasionada escrupulosidad rememoró los defectos de sus camaradas actuales: la ambición de uno, el mal genio de otro, la indecisión del tercero, la irresponsabilidad del cuarto. Y pensó que, tomado el poder, estos rasgos podían alcanzar monstruosa magnitud. «Lo más difícil y terrible –pensó– no es pelear implacablemente con los enemigos, sino con los seres queridos, con los partidarios de uno. Y no se puede menos de pelear... Únicamente no se debe olvidar nunca que nada hay tan hermoso como persuadir a un camarada de que se ha equivocado y volverlo al buen camino. No, no, el poder no debe, no puede pervertir a quienes se acuerdan del fin para el que fue tomado y saben a conciencia que el movimiento por sí solo no supone nada si no tiende a un objetivo grande y luminoso. No, no, con los bolcheviques, empleando la expresión de Herzen, se ha engendrado "una nueva estirpe de gente" capaz de sacrificar su vida, de disolver su personalidad en la voluntad y en los anhelos de la clase obrera. Contra todo lo mezquino, personal y egoísta hay que luchar con fuerzas conjuntas, y cada uno de nosotros debe sostener esa lucha en su fuero interno».

En aquel instante, a la luz de un relámpago, Lenin vio a Kolia en la entrada de la choza. Somnoliento, el muchacho se restregaba los ojos sin comprender todavía qué lo había despertado y lo que ocurría en torno suyo, pensando seguramente que estaba viendo un sueño. Cuando comprendió que aquello ocurría en realidad, se asustó cómicamente, abrió la boca y parpadeó. Tardó mucho en recobrarse del miedo y del encanto de aquella noche y, a la luz de los relámpagos, Lenin tan pronto veía la cara del chico como la dejaba de ver, pero se la imaginaba claramente asustada y maravillada. De un modo u otro, el haber visto al niño calmó a Lenin y le agradeció mentalmente que hubiese puesto aquella cómica cara de susto que le había hecho a él retornar a la mundanal tierra, con sus inquietudes y preocupaciones.

El aguacero empezó a aplacarse. Lenin cerró los ojos, estuvo así un rato, suspiró profundamente, se enjugó con las manos el rostro mojado y, como si se hubiera quitado el mal humor con el agua, susurró casi alegre:

—Kolia.

El muchacho se estremeció y preguntó:

—¿Quién es?

—Tref.

—¿Quién es?

—El perro Tref.

Kolia se rió de contento y, procurando ver dónde estaba Lenin en la oscuridad, asomó la cabeza a la lluvia y luego salió de la choza.

—¿Adónde vas? Te empaparás...

Se asieron de la mano y así estuvieron callados medio minuto. Kolia no comprendía por qué a Lenin se le había ocurrido exponerse a la tormenta; le cruzó la imaginación un extraño y confuso pensamiento de que al jefe de la revolución le iba bien estar él solo en pie entre los relámpagos y que debía sentirse entre los desencadenados elementos de la naturaleza más a gusto que un ser ordinario. Mas Lenin, como si lo hiciera a propósito con el fin de refutar las inspiradas conjeturas de Kolia, dijo:

—¡Estoy aterido de frío, doy diente con diente! ¡Vamos corriendo a la choza, bajo techado, a meternos bajo una manta!

18

Zinóviev había oído el ruido del aguacero, el estruendo de los truenos y el diálogo de Lenin con Kolia. Sabía con qué decisión Lenin rompía con quienes discrepaban de él en cuestiones importantes de política y sintió que se quedaba yerto de la desagradable sensación de soledad.

Lenin se acostó al lado; despedía olor a lluvia y hierba húmeda. Zinóviev se dispuso a hablar, pero no se atrevió; estaba completamente seguro de que tenía razón y le desesperaba el no poder convencer a Lenin de ello. Escuchaba casi con hostilidad la respiración acompasada de Lenin. «Comprenderá que yo tenía razón, pero será ya demasiado tarde», pensó, mordiéndose los labios.

Al poco rato Zinóviev se durmió profundamente. Se despertó bastante tarde y, recordando enseguida lo que había sucedido la víspera, se quedó quieto y siguió acostado largo rato con los ojos cerrados, como si no osara mirar a su huérfano mundo. Finalmente entreabrió los párpados. Lenin estaba tendido en la choza con la cabeza hacia la salida y escribía. Por el boquete de la salida se veía un fragmento triangular de lluvia, ya no torrencial, sino perezosa y diríase que interminable. Olía a lluvia y menta.

Kolia ya no estaba; por lo visto se había marchado a la otra orilla para ir a Petrogrado.

Lenin, siguiendo su costumbre, interrogó sin apartar la vista del papel:

—¿Se ha despertado? Parece que hubiese caído el diluvio universal.

No pronunció una palabra más; solo la pluma rasgueó con mayor energía, pero este rasguear era muy expresivo. De nuevo se hizo el silencio.

Cuando apareció Emeliánov, Lenin se incorporó y fue a su encuentro. Emeliánov venía tranquilo, animado, traía una amplia sonrisa y contemplaba con hacendoso ojo la praderilla anegada de agua, el pajar oscurecido y el lúgubre cielo. Había echado de menos a Lenin y estaba preocupado por él debido al frío y al mal tiempo que hacía.

—¿No tiene goteras la choza? —fue lo primero que preguntó.

Y, empuñando el hacha al punto, se puso a cortar ramas y cubrir la choza con otra capa de ramaje. Su activa tranquilidad infundió alegría y gozo a Lenin, que dijo, casi con pena:

—Habrá que mudar de casa. Se me han humedecido todos los cuadernos...

Emeliánov se quedó de una pieza con el hacha en la mano y se entristeció visiblemente.

—Sí —articuló—. Efectivamente...

Aquella misma tarde Serguéi trajo a Shotman. Encogiéndose de la humedad y limpiando a menudo los quevedos, Shotman dijo:

—Aquí ya no puede vivir usted más tiempo.

Hacía ya una semana que Emeliánov había conseguido en su fábrica varios carnés de identidad. Lenin eligió uno extendido a nombre obrero Konstantín Ivanov. Restaba solo fotografiarse, pegar la foto en lugar de la arrancada del Ivanov auténtico y poner en ella la otra mitad que faltase del cuño. Todo eso corría a cargo de Shotman.

—Existe un proyecto —dijo este— de enviarlo a usted a Finlandia. El camarada Zinóviev puede ir con usted, a Lesnói, allí hay un domicilio conspirativo bueno.

Zinóviev salió de la choza y pronunció con su hilito de voz:

—Iré a Lesnói... Creo que seré más útil cerca de Petrogrado. Y para el Gobierno Provisional yo no ofrezco tanto interés como Vladímir Ilich. Luego quedamos en eso —esperó a oír lo que dijera Lenin, pero este escribía una lista de encargos a los camaradas; diríase que ya no estaba presente allí, sino en el otro refugio de Finlandia, desconocido aún para él mismo. Zinóviev prosiguió—: Tal vez sea mejor que me vaya hoy, ¿no le parece, Alexandr Vasílievich? —las palabras iban dirigidas a Shotman, pero miraba a Lenin.

Lenin no dijo nada y siguió escribiendo:

«... pan

un plan de Helsingfors

goma: un tubito pequeño,

una aguja e hilo neg.

sobres sencillos

n.o 47 del Sotsial-demokrat

láp. azul y rojo

una navajita sacapuntas

un láp. de tinta

una pluma

mis tesis sobre la situación polít. (al Congreso)

diccionarios sueco y finlandés...»

Empezaron a hacer el equipaje de Zinóviev. Lenin se puso de buen humor, bromeó.

—Hemos confundido todas las cosas —dijo—. No sé cuáles son las suyas ni cuáles las mías. Le va a reñir Zlata Iónovna.

—Y a usted, Nadezhda Konstantínovna.

—A mí no me reñirá, ya sabe usted que ella no es así. Además, las cosillas de usted son mejores, me parece. ¿No? Las cosas ajenas siempre parecen mejores.

Zinóviev frunció el ceño, comprendiendo que Lenin evitaba entablar una conversación seria. Emeliánov y Serguéi llevaron el equipaje a la barca. Cuando anocheció, Zinóviev y Shotman se pusieron en camino. Lenin estrechó la mano a Zinóviev y le dijo:

—Tenga cuidado, Grigori... Quién sabe cuándo podremos vernos. Confío en que pronto. Y en armonía.

Zinóviev dijo precipitado con voz temblorosa:

—Sí, claro, claro...

Lenin le miró contento. Mas Zinóviev ya se había arrepentido de su tono conciliador y pensó disgustado: «¿Otra vez soy yo quien cede? En lugar de luchar resueltamente contra el extremismo fatal para el partido, ¿me dejo ganar otra vez por la voluntad y el atractivo de Lenin? No, no tengo derecho a eso». Y agregó secamente:

—Confiemos en que así sea.

Lenin no dijo nada, únicamente se le ensombreció el rostro. A pesar de todo, fue a la orilla a despedir a los que se marchaban. Cuando la barca partió, la siguió largo rato con la vista, moviendo a veces la cabeza. Hacía mal tiempo, soplaba un viento a bocanadas y la barca tan pronto se elevaba sobre las espumosas olas como casi desaparecía de la vista. Poco después, se extinguió en la oscuridad.

—Pues bien —dijo Lenin, volviéndose hacia Emeliánov, que se había quedado con él en la orilla—. Las barcas suelen zarpar y la vida sigue. Vamos a encender la hoguera —agregó.

—Vamos —repuso bondadoso Emeliánov, fingiendo que no se daba cuenta de que Lenin reducía su oculto pensamiento a las cosas de la vida en la choza. Comedido, Emeliánov no había dicho nada, pero había comprendido algo de las complicadas relaciones establecidas los últimos días y se indignaba y apesadumbraba para sus adentros junto con Lenin.

Al día siguiente, ya de noche, llegó con una cámara fotográfica Dmitri Ilich Léschenko, viejo camarada del Partido que había colaborado en los periódicos Zvezdá y Pravda. Ahora trabajaba con Nadezhda Konstantínovna Krúpskaya en la Comisión de Cultura e Instrucción Pública del Consejo distrital de Víborgskaya. Estuvieron hablando, casi hasta aclarar el día, de lo que pasaba en Petrogrado, de Nadezhda Konstantínovna y de Lunacharski, que había sido detenido en casa de Léschenko, donde vivía últimamente.

Al amanecer, Lenin despertó a Léschenko, que se acababa de dormir, y le dijo impaciente:

—¡Hala, fotografíeme, fotografíeme ya!

Lenin se había puesto ya la peluca y la gorra. Léschenko miró al cielo nebuloso y sacudió la cabeza: estaba todavía algo oscuro. Aun así, se puso manos a la obra. No había traído trípode y, sujetando la cámara en las manos, no podía captar el rostro de Lenin en el objetivo.

—¿No será mejor que me siente? —interrogó Lenin.

—¡Sería estupendo!

Lenin se puso en cuclillas sin hablar y aguardó paciente a que Léschenko lo fotografiase. Luego lo acompañó a la barca y, al despedirlo, le dijo un tanto turbado:

—Le pido por favor que no le diga nada de todo este, ¡hum!, ¡hum!, andurrial a Nadezhda Konstantínovna. No le hable de la humedad, del pajar mojado y de lo demás. ¿De acuerdo? Dígale que está todo muy bien, que el sitio es cómodo y seco. ¿No se olvidará? ¡Es mejor que tenga cuidado!

Pasados dos días el carné de identidad estaba listo. Lenin lo examinó atentamente y se quedó satisfecho: parecía que no podía despertar sospecha alguna.

Al fin llegó el día de la marcha. Lenin y Emeliánov esperaban a Shotman. Este tardaba. De súbito se oyó del bosque un silbido de advertencia de Serguéi, que sustituía a Kolia como «explorador». Lenin pensó que sería Shotman y fue a su encuentro. Mas en su lugar apareció en la linde un chico desconocido y, tras él, salió un hombre con ropa de trabajo. Lenin se detuvo, luego empezó a retroceder lentamente hacia la choza. Emeliánov palideció, se alarmó, pero enseguida se calmó, suspirando con alivio. Reconoció a Rassólov y a su hijo Vitia.

—¡Hola, Nikolái Alexándrovich! —dijo Rassólov, echando una rápida ojeada al pajar y luego a Lenin, de cuclillas junto a la choza—. Buen pajarcito, sí. ¿Será posible que hayas terminado la siega?

—Sí, algo así parece —respondió Emeliánov evasivo.

—¿No querría venir tu finlandés a segar para mí? Aunque solo fuera un día o medio día... Yo solo no puedo. Me siento mal y Vitia es aún flojillo.

Emeliánov contuvo una sonrisa a duras penas y respondió:

—No irá.

—A lo mejor viene, ¿eh?

—Te digo que no irá.

—¿Entiende ruso?

Emeliánov miró de reojo a Lenin. Este seguía en cuclillas, petrificado el semblante. Los ojos le habían desaparecido, convertidos en dos opacas rendijas de indiferencia.

—No —dijo Emeliánov—. Solo entiende en su lengua. Yo sé un poco de finlandés y así nos entendemos un poco.

Se había recobrado ya y empezó a decir a la desesperada:

—Yo mismo le he pedido que siegue en la orilla y no quiere. Tiene prisa por marcharse a su casa, allí no sé qué le ha ocurrido.

Rassólov lanzó unos suspiros y se alejó con su hijo Vitia. Lenin siguió sin cambiar de pose hasta que se extinguió totalmente el ruido de los pasos de aquellos y aún un rato más. Luego se irguió con ímpetu y se echó a reír con destellos de jovialidad en los ojos. Dijo:

—¡Gracias, Nikolái Alexándrovich, por no haberme entregado de bracero!

—No me traía cuenta —repuso Emeliánov, también riendo.

Todavía dieron largo rato rienda suelta a la hilaridad con motivo de aquel suceso y solo la llegada de Shotman los puso de un temple algo más serio. Extraordinariamente emocionado por la responsabilidad de la misión que le habían encomendado, Shotman no llegaba a comprender cómo Lenin podía reírse antes de emprender el peligrosísimo viaje que le esperaba.

Shotman no había venido solo. Había traído a un finlandés robusto y bajo. Lenin lo saludó, presentándose:

—Ivanov.

—Rajia —repuso el finlandés sin parpadear.

Emeliánov y Serguéi llevaron el equipaje de Lenin a la barca. Luego Emeliánov tornó solo, pues Serguéi había ido a llevar el equipaje a la otra orilla.

Mientras Emeliánov y Shotman se ponían definitivamente de acuerdo sobre el camino a seguir hasta el ferrocarril de Finlandia, anocheció casi totalmente.

—Como suelen decir: que nos vaya bien —dijo Emeliánov. Su voz sonó solemne—. En marcha, Vladímir Ilich.

Él fue delante, le siguió Rajia y cerraron la fila Lenin y Shotman. En aquel preciso momento Kolia y Kondrati habían regresado de Petrogrado. Al encontrar en casa solo a los pequeñuelos, pues su madre había salido con algún recado, recogió los manuales y las libretas comprados en la ciudad y, sin pensarlo dos veces, se montó en la barca y partió hacia el lago, en el que se cruzó con Serguéi, sin verlo.

Al alcanzar la otra orilla, se apeó de la barca y se encaminó a la choza casi corriendo, con el corazón latiendo con fuerza. La conocida praderilla estaba en calma y sin gente. La soledad era completa en derredor. La barra de hierro que sirviera para colgar el calderillo estaba caída en la fría ceniza de la hoguera. En la choza no había ni almohadas ni mantas, nada. Las huellas de los cuerpos marcadas en el heno estaban frías. Kolia empezó a temblar aterrado, pensando que Lenin había sido descubierto y detenido. Mas luego encontró en un sitio que él sabía, debajo del heno, los montones de periódicos; además, el propio pajar y la choza estaban intactos. Entonces comprendió que Lenin, simplemente, se había marchado.

Estuvo largo rato sentado delante de la fría hoguera, se puso finamente en pie y tornó lento al lago, a su vida de antes, que ahora le parecía vacía y carente de interés.

Entre tanto, Lenin y sus acompañantes ya estaban lejos.

Salieron a un camino vecinal y luego torcieron a un sendero. Un riachuelo les interceptó el paso. Emeliánov quiso bordear el obstáculo dando un rodeo, pero Lenin se desnudó resueltamente y lo vadeó; tras él hicieron otro tanto los restantes. Pasado un rato se toparon con un extenso pantano, lo rodearon y, sin notarlo, fueron a parar a una turbera incendiada. Los arbustos ardían sin llamas en derredor, el humo irritaba los ojos. Bajo los pies ardía sin humo la turba. Emeliánov dio por fin con una senda. Tras deambular media hora más en la oscuridad, oyeron el lejano pitido de una locomotora.

—Parece que hemos salido ya —articuló Emeliánov con deje culpable.

—Vaya guías —zahirió Lenin a los tres—. No tienen ni un mapa del lugar, no han estudiado el itinerario... Con personas como ustedes se perderá toda guerra.

—Aprenderemos, camarada Ivanov —respondió con picardía y en voz baja Rajia, callado hasta entonces.

Lenin dijo en serio:

—Dense prisa en aprender, el tiempo es oro.

Luego Emeliánov y Rajia fueron de reconocimiento a la estación, y Lenin y Shotman se sentaron al pie de un árbol. La noche era oscura, sin luna; el tiempo transcurría lento. Lenin tentó en el bolsillo interior el cuaderno azul.

—Aquí está –se sonrió–. El cuadernito azul. Estaría bien terminar cuanto antes el folleto. ¿Podré? Veremos qué me aguarda en esta estación y en otros altos que hagamos en el camino a nuestro fin. ¿Cuántos altos tendremos que hacer aún?

Cuando Emeliánov y Rajia tornaron y comunicaron que aquella estación era la de Dibuní, y no la de Levashovo, como presuponían, Shotman se quedó de una pieza: Dibuní estaba a siete verstas[13] escasas de la frontera finlandesa y era fácil toparse allí con alguna patrulla de guardafronteras. Mas ya no tenían otra alternativa. Fueron a la estación. Las luces titilaron a lo lejos. Aguzando la vista, Lenin miró fijamente algún tiempo su macilento centelleo. Luego apretó de pronto el paso, alcanzó a Emeliánov y le tocó un hombro.

—Ea, pues Nikolái Alexándrovich —dijo—. Quién sabe lo que puede ocurrir, así que transmítale mis más cordiales saludos a Nadezhda Kondrátievna y recuerdos a los chicos, sobre todo a Kolia.

—Se los transmitiré. Gracias.

---

13 Versta es una medida de distancia rusa, ahora en desuso, de 1,06 kilómetros.

—Les estoy muy agradecido a su mujer y a usted por todo. Les he causado muchas molestias. No lo tomen a mal.

—Qué cosas tiene, Vladímir Ilich, qué cosas tiene... Lo hemos hecho de todo corazón.

—Me alegro mucho. Ah, sí, llevo poco dinero encima. Mi mujer, Nadezhda Konstantínovna, lo sabe. Con la primera oportunidad que tenga les pagará los gastos.

—No diga eso, Vladímir Ilich. Me enfadaré, le juro que me enfadaré.

—¡Bueno estaría! ¡«Me enfadaré»! Ustedes no son tan ricos para mantener a revolucionarios fugitivos... Ah, sí, antes de que me olvide: no se metan con Alexéi, ¿se acuerda usted, de aquel «enlace»?... Por las equivocaciones no hay que pedir cuentas. El mismo lo comprenderá. Los sucesos y la experiencia revolucionaria le ayudarán a comprender... De modo que no se metan con él.

—Está bien, Vladímir Ilich.

—Conozco bien a nuestros camaradas. Se lo van a echar en cara sin necesidad... No se olvide, tenga la bondad.

—Está bien, Vladímir Ilich, no lo olvidaré.

—Bueno, pues, nada más. Y gracias.

Esa conversación conmovió profunda y alegremente a Emeliánov sin que él supiera el porqué. Solo más tarde se percató de que no fue únicamente por la bondad humana de Lenin y ni siquiera por las circunstancias en que se manifestara esta; se trataba de la infinita seguridad de Lenin en que los acontecimientos sobrevendrían sin falta, de manera que Alexéi comprendiese su error, que no pudiese sino comprenderlo. Quizás Emeliánov entendiese de verdad, solo en aquel momento, que la revolución obrera estaba efectivamente pronta a estallar y adquiriese plena conciencia de la clase de hombre que había ocultado en Razliv.

Entre tanto, las luces de la estación se iban aproximando. Lenin se detuvo, esperó a Shotman y siguieron caminando en el mismo orden de antes: Emeliánov y Rajia delante, Shotman y Lenin detrás.

ÍNDICE